呐喊

评注插图本

鲁　迅 著

黄乔生 评注

北京大学出版社

PEKING UNIVERSITY PRESS

图书在版编目(CIP)数据

呐喊：评注插图本 / 鲁迅著；黄乔生评注 . — 北京：北京大学出版社，2024.4
ISBN 978-7-301-34810-9

Ⅰ . ①呐… Ⅱ . ①鲁… ②黄… Ⅲ . ①《呐喊》Ⅳ . ① I210.6

中国国家版本馆 CIP 数据核字 (2024) 第 018520 号

封面插图：颜铁良（封面设计对原图有所改动）
内文插图：颜铁良、刘建庵等

书　　　　名	呐喊：评注插图本	
	NAHAN：PINGZHU CHATU BEN	
著作责任者	鲁迅 著　黄乔生 评注	
责 任 编 辑	李书雅	
标 准 书 号	ISBN 978-7-301-34810-9	
出 版 发 行	北京大学出版社	
地　　　　址	北京市海淀区成府路205号　100871	
网　　　　址	http://www.pup.cn　新浪微博：@ 北京大学出版社 @阅读培文	
电 子 邮 箱	编辑部 pkupw@pup.cn　总编室 zpup@pup.cn	
电　　　　话	邮购部 010-62752015　发行部 010-62750672　编辑部 010-62750112	
印 刷 者	天津联城印刷有限公司	
经 销 者	新华书店	
	890 毫米 × 1240 毫米　32 开本　8 印张　190 千字	
	2024 年 4 月第 1 版　2024 年 4 月第 1 次印刷	
定　　　　价	48.00元	

出版说明

　　《呐喊》是鲁迅的第一部小说集,收录其写于1918—1922年间的15篇小说以及《自序》,1923年8月由北京新潮社列为《文艺丛书》之一出版。

　　各篇在结集出版前,曾刊登于《新青年》《新潮》《小说月报》《晨报副刊》等报刊。其中,《新青年》发表了5篇:《狂人日记》《药》《孔乙己》《风波》《故乡》。

　　《狂人日记》《孔乙己》《药》《阿Q正传》《故乡》《明天》《风波》《白光》《社戏》以村镇(绍兴及其周边)为背景,《一件小事》《头发的故事》《端午节》《兔和猫》《鸭的喜剧》以城市(北京)为背景。初版最后一篇《不周山》是以女娲补天传说为题材的神话历史小说。

　　除《阿Q正传》可称中篇小说外,其余皆为短篇。《阿Q正传》有时单独成书,如果加上《阿Q正传》各种单行本,《呐喊》堪称鲁迅著作中出版最多的文集。

　　《呐喊》初版封面装帧由鲁迅亲手设计,深红色封面,上方正

《呐喊》初版封面

中有一个黑色长方形，内嵌三号宋体铅字"呐喊"，下画波浪线；再下是"鲁迅"二字，画横直线。扉页右边有"文艺丛书""周作人编"字样，右下角有"新潮社印"四字，排成方形。版权页上署的出版时间"一九二三年六月付印，一九二三年八月初版"，以及"著者 鲁迅""编者 周作人""发行者 新潮社""印刷者 京华印书局""实价大洋七角"。1924年5月《呐喊》第3版由北京北新书局出版，列入《乌合丛书》；从第10版起由上海北新书局出版。1930年1月第13次印刷时，最后一篇《不周山》被删去（后改题为《补天》编入《故事新编》），《呐喊》从此定版为14篇，通行至今。

从第4版起，封面书名"呐喊"及著者"鲁迅"均改为鲁迅自书的具有隶体风格的美术字。《呐喊》早期装帧设计以深红铺满封面和封底，在当时实属罕见，以致一度遭反对赤化的政府禁止流通。

《呐喊》初版的印刷费为鲁迅自行垫付，1923年5月20日鲁迅日记记载："伏园来……付以小说集《呐喊》稿一卷，并印资二百。"同年8月22日，鲁迅拿到样书："晚伏园持《呐喊》二十册来。"《呐喊》在鲁迅生前印行了23版，最后一版的时间是1936年1月23日。期间还出过石印刻写版，更有不少私自翻印或盗印版本。译成外文的版本也很多。

本书由原文、注释和短评三部分组成。注释采用脚注，侧重对作品本身的介绍和内容的阐发，多参考鲁迅亲友提供的材料和学术界的研究成果；各篇短评只就某一两点切入，并不面面俱到。

为《阿Q正传》俄文译本拍摄的鲁迅肖像

目录

弄文罹文网　抗世违世情　积毁
可销骨空留纸上声
自题十年前旧作以请
山县先生教正
一九三三年三月二日于上海　鲁迅

鲁迅题《呐喊》

自序

　　我在年青时候也曾经做过许多梦，后来大半忘却了，但自己也并不以为可惜。所谓回忆者，虽说可以使人欢欣，有时也不免使人寂寞，使精神的丝缕还牵着已逝的寂寞的时光，又有什么意味呢，而我偏苦于不能全忘却，这不能全忘的一部分，到现在便成了《呐喊》的来由。

　　我有四年多[1]，曾经常常，——几乎是每天，出入于质铺和药店里，年纪可是忘却了，总之是药店的柜台正和我一样高，质铺的是比我高一倍，我从一倍高的柜台外送上衣服或首饰去，在侮蔑里接了钱，再到一样高的柜台上给我久病的父亲去买药。回家之后，又须忙别的事了，因为开方的医生是最有名的[2]，以此所用的药引也奇

1　关于父亲周伯宜的生病时间，鲁迅在自传和《朝花夕拾·父亲的病》中都没有明确说明。周伯宜光绪丙申（1896年）九月去世，周作人在《鲁迅的故家》中指出，父亲病的时间没有四年多，四年多应该包括生病前家道衰落的时间。

2　"姚芝仙与何莲臣，都是有名的'郎中'，但因此也就都是江湖派，每开药方，必用新奇的'药引'，要忙上大半天才能办到，结果自然是仍无效用。"（周作人《鲁迅小说里的人物》，以下简称《人物》）

特：冬天的芦根，经霜三年的甘蔗，蟋蟀要原对的，结子的平地木，……多不是容易办到的东西。然而我的父亲终于日重一日的亡故了。

有谁从小康人家而坠入困顿[1]的么，我以为在这途路中，大概可以看见世人的真面目；我要到N进K学堂[2]去了，仿佛是想走异路，逃异地，去寻求别样的人们。我的母亲没有法，办了八元的川资，说是由我的自便；然而伊[3]哭了，这正是情理中的事，因为那时读书应试是正路，所谓学洋务[4]，社会上便以为是一种走投无路的人，只得将灵魂卖给鬼子，要加倍的奚落而且排斥的，而况伊又看不见自己的儿子了。然而我也顾不得这些事，终于到N去进了K学堂了，在这学堂里，我才知道世上还有所谓格致[5]，算学，地理，历史，绘图和体操。生理学并不教，但我们却看到些木版的《全体新论》和

1　"困顿"二字，一般会被理解为一无所有、走投无路。鲁迅自传中还曾说家庭遭遇变故后"几乎什么也没有了"，更可能让人以为陷入了绝境。实际上，变故后，原来的四五十亩水田还剩下二十九亩。（王鹤照口述、周芾棠整理《回忆在鲁迅先生家中三十年》）每亩原租一一五斤，出租给四郊农民，如果按七折收租，一年可收租谷两千来斤，一家三代十口人吃饭不成问题。（裴士雄：《坠入"困顿"后的鲁迅家靠什么维持生计？》）1919年12月鲁迅回绍把家迁居北京后，绍兴还有少量田地，他和三弟周建人曾写信给族亲委托代收田租。（鲁迅1920年1月3日致周心梅信）

2　到N进K学堂：N指南京，K学堂指江南水师学堂。鲁迅于1898年进入南京江南水师学堂，次年改入江南陆师学堂附设的矿务铁路学堂，1902年初毕业，由清政府派赴日本留学。

3　1920年，刘半农在《教我如何不想她》中率先使用"她"字，后世通用指代女性的第三人称。处于新旧交替时期，鲁迅在1923年写的文章中仍用"伊"。

4　学洋务：清朝末年，一些官员如李鸿章、张之洞等推行"自强求富"的"洋务运动"，兴办军事工业和其他工矿企业，并设立与此相关的学堂。"学洋务"指在这类学堂里学习西方科学知识和军事技术。

5　格致：格物致知的简称，《礼记·大学》有"致知在格物，物格而后知至"。格是推究的意思。清末用"格致"统称物理、化学等学科。

《化学卫生论》¹之类了。我还记得先前的医生的议论和方药，和现在所知道的比较起来，便渐渐的悟得中医不过是一种有意的或无意的骗子，同时又很起了对于被骗的病人和他的家族的同情；而且从译出的历史上，又知道了日本维新²是大半发端于西方医学的事实。

因为这些幼稚的知识，后来便使我的学籍列在日本一个乡间的医学专门学校³里了。我的梦很美满，预备卒业回来，救治像我父亲似的被误的病人的疾苦，战争时候便去当军医，一面又促进了国人对于维新的信仰。我已不知道教授微生物学的方法，现在又有了怎样的进步了，总之那时是用了电影，来显示微生物的形状的，因此有时讲义的一段落已完，而时间还没有到，教师便映些风景或时事的画片给学生看，以用去这多余的光阴。其时正当日俄战争⁴的时候，关于战事的画片自然也就比较的多了，我在这一个讲堂中，便须常常随喜我那同学们的拍手和喝采。有一回，我竟在画片上忽然会见我久违的许多中国人了，一个绑在中间，许多站在左右，一样是强壮的体格，而显出麻木的神情。据解说，则绑着的是替俄国做了军事上的侦探，正要被日军砍下头颅来示众，而围着的便是来赏

1　《全体新论》，生理学书，英国合信著，中文版1851年出版。《化学卫生论》，营养学书，英国真司腾著，中文版1879年出版。

2　日本维新：发生于日本明治年间（1868—1912）的维新运动，也称明治维新。此前，日本有学者输入和讲授西方医学，宣传西方科学技术，主张革新，对日本维新运动的兴起起到一定的影响。

3　医学专门学校：指日本仙台医学专门学校。鲁迅于1904年至1906年在这里学习医学。

4　日俄战争：1904年2月至1905年9月，日本同俄国之间为争夺在我国东北地区和朝鲜的利益而进行的战争。

鲁迅在矿务铁路学堂读书时的课本《化学卫生论》

鉴这示众的盛举的人们。[1]

这一学年没有完毕，我已经到了东京了，因为从那一回以后，我便觉得医学并非一件紧要事，凡是愚弱的国民，即使体格如何健全，如何茁壮，也只能做毫无意义的示众的材料和看客，病死多少是不必以为不幸的。所以我们的第一要著，是在改变他们的精神，而善于改变精神的是，我那时以为当然要推文艺，于是想提倡文艺运动了。在东京的留学生很有学法政理化以至警察工业的，但没有人治文学和美术；[2]可是在冷淡的空气中，也幸而寻到几个同志[3]了，此外又邀集了必须的几个人，商量之后，第一步当然是出杂志，名目是取"新的生命"的意思，因为我们那时大抵带些复古的倾向[4]，所以只谓之《新生》[5]。

《新生》的出版之期接近了，但最先就隐去了若干担当文字的

1　日本东北大学医学院（前身即仙台医专）校史馆现存幻灯片14帧，其中没有砍头的场面。但当时的报纸杂志上刊登了不少枪毙或砍头的照片，如1905年7月28日日本《河北新报》上"俄探四名被斩首"的报道，其中有"旁观者照例是男女老幼五千多清国人"的描述（黄乔生《"鲁迅与仙台"研究述略》）。鲁迅写回忆录时大约把当时盛行的宣传材料同教室中看到的幻灯片做了综述。

2　"鲁迅顶讨厌学警察、法政和速成师范的学生，其次是铁路与工业．以为目的只在获利，对于理科比较的好些。胡仁源是学工的．有一天对他大谈实业救国，学了文科有什么用，鲁迅回答道：学文科的人知道理工也有用，这是他们的长处。"（《人物》）

3　"袁文薮是鲁迅所最信托的，但是他从日本转往英国以后，便杳无消息，虽然他答应到了之后一定写文章寄来的。此外一个是许季茀，他没有跑掉，因为杂志停顿，所以文章也不曾写。"（《人物》）

4　章太炎在东京时期为鲁迅等讲授文字学课程。章太炎提倡恢复古文的本义，鲁迅等颇受影响，走上复古一路。

5　但丁也有一部《新生》，为散文与诗歌的合集，叙述自己九岁时见到少女贝雅特丽齐（Beatrice）感情波动；九年后，但丁在佛罗伦萨再次遇见贝雅特丽齐；但贝雅特丽齐不久嫁人，年纪轻轻就去世了。但丁悲痛万分，写下了《新生》（1295年）。

人，接着又逃走了资本，结果只剩下不名一钱的三个人。[1]

创始时候既已背时，失败时候当然无可告语，而其后却连这三个人也都为各自的运命所驱策，不能在一处纵谈将来的好梦了，这就是我们的并未产生的《新生》的结局。

我感到未尝经验的无聊，是自此以后的事。我当初是不知其所以然的；后来想，凡有一人的主张，得了赞和，是促其前进的，得了反对，是促其奋斗的，独有叫喊于生人中，而生人并无反应，既非赞同，也无反对，如置身毫无边际的荒原，无可措手的了，这是怎样的悲哀呵，我于是以我所感到者为寂寞。

这寂寞又一天一天的长大起来，如大毒蛇，缠住了我的灵魂了。[2]

然而我虽然自有无端的悲哀，却也并不愤懑，因为这经验使我反省，看见自己了：就是我决不是一个振臂一呼应者云集的英雄。

只是我自己的寂寞是不可不驱除的，因为这于我太痛苦。我于是用了种种法，来麻醉自己的灵魂，使我沉入于国民中，使我回到古代去，[3]后来也亲历或旁观过几样更寂寞更悲哀的事[4]，都为我所不愿追怀，甘心使他们和我的脑一同消灭在泥土里的，但我的麻醉法却也似乎已经奏了功，再没有青年时候的慷慨激昂的意思了。

1　留下的三个人 —— 两兄弟和许寿裳不久也离散。许寿裳回国任职，鲁迅为了经济原因也回国，周作人与日本女子羽太信子结婚，留在日本。

2　鲁迅1925年6月所作《墓碣文》中，"自我吞噬"的蛇再次出现："有一游魂，化为长蛇，口有毒牙。不以啮人，自啮其身，终以殒颠。"

3　沉入国民中，即放弃早年的"任个人而排众数"主张；回到古代去，是指校勘古籍，抄录乡贤著作。

4　这是指政治和社会的变动。

S会馆[1]里有三间屋，相传是往昔曾在院子里的槐树上缢死过一个女人的，现在槐树已经高不可攀了，而这屋还没有人住[2]；许多年，我便寓在这屋里钞古碑[3]。客中少有人来，古碑中也遇不到什么问题和主义[4]，而我的生命却居然暗暗的消去了，这也就是我惟一的愿望。夏夜，蚊子多了，便摇着蒲扇坐在槐树下，从密叶缝里看那一点一点的青天，晚出的槐蚕又每每冰冷的落在头颈上。

　　那时偶或来谈的是一个老朋友金心异[5]，将手提的大皮夹放在破桌上，脱下长衫，对面坐下了，因为怕狗，似乎心房还在怦怦的跳动。

1　　S会馆：设在北京宣武门外南半截胡同的绍兴会馆，作者于1912年5月至1919年11月在这里居住。

2　　这几间屋即"补树书屋"。鲁迅在绍兴会馆原住藤花馆，环境嘈杂，日记中多有记录，如1914年7月29日："夜邻室大赌博，后又大诤，至黎明诤已散去，始得睡。"补树书屋是一个独院，左右全没有邻居，偏僻冷静，适合读书做学问。

3　　钞古碑：鲁迅常于公余搜集、研究中国古代的造像和墓志等金石拓本，后来辑有《六朝造像目录》和《六朝墓名目录》两种（后者未完成）。

4　　这里指李大钊与胡适之间关于"问题与主义"的论辩。1919年6月，《每周评论》主编陈独秀因散发爱国传单被捕，胡适接任该刊编辑工作。7月20日，胡适在该刊第31号上发表《多研究些问题，少谈些"主义"！》，认为当前的要务在"多多研究这个问题如何解决，那个问题如何解决，不要高谈这种主义如何新奇，那种主义如何奥妙"，因为"'主义'的大危险，就是能使人心满意足，自以为寻着包医百病的'根本解决'，从此用不着费心力去研究这个那个具体问题的解决法了"。不久，在家乡避难的李大钊致信胡适申述意见。胡适将李大钊的来信加上《再论问题与主义》的标题，刊登在《每周评论》第35号上。针对胡适"少谈些主义"的主张，李大钊信中声明"我是喜欢谈谈布尔扎维主义的"，"布尔扎维主义的流行，实在是世界文化上的一大变动。我们应该研究他，介绍他，把他的实象昭布在人类社会"。信中说，宣传理想的主义与研究实际的问题是交相为用、并行不悖的，社会问题的解决必须依靠社会上多数人的共同运动，而要有多数人的共同运动，就必须有一个共同的理想、主义作为准则，所以谈主义是必要的，如果不宣传主义，没有多数人参加，不管你怎样研究，社会问题永远也没有解决的希望。

5　　金心异：钱玄同。1908年在日本东京与鲁迅一起听章太炎讲文字学。"五四"时期参加新文化运动，任教于北京大学，也是《新青年》编者之一。1919年3月，复古派文人林纾在上海《新申报》上发表题名《荆生》的小说，攻击新文化运动。小说中的"金心异"即影射钱玄同。

"你钞了这些有什么用？"有一夜，他翻着我那古碑的钞本，发了研究的质问了。

"没有什么用。"

"那么，你钞他是什么意思呢？"

"没有什么意思。"

"我想，你可以做点文章……"

我懂得他的意思了，他们正办《新青年》[1]，然而那时仿佛不特没有人来赞同，并且也还没有人来反对，我想，他们许是感到寂寞了，但是说：

"假如一间铁屋子，是绝无窗户而万难破毁的，里面有许多熟睡的人们，不久都要闷死了，然而是从昏睡入死灭，并不感到就死的悲哀。现在你大嚷起来，惊起了较为清醒的几个人，使这不幸的少数者来受无可挽救的临终的苦楚，你倒以为对得起他们么？"

"然而几个人既然起来，你不能说决没有毁坏这铁屋的希望。"

是的，我虽然自有我的确信，然而说到希望，却是不能抹杀的，因为希望是在于将来，决不能以我之必无的证明，来折服了他之所谓可有，于是我终于答应他也做文章了，这便是最初的一篇《狂人日记》。从此以后，便一发而不可收，每写些小说模样的文章，以敷衍朋友们的嘱托，积久就有了十余篇。

在我自己，本以为现在是已经并非一个切迫而不能已于言的人

1　《新青年》：1915年在上海由陈独秀创刊，初名《青年杂志》，是一份倡导社会变革的综合性文化刊物。1917年移到北京，由北京大学的陈独秀、钱玄同、高一涵、胡适、李大钊、沈尹默等轮流编辑。由此，一校一刊助力新文化运动兴起。

五四时期倡导新文化运动的重要刊物。1918至1921年，鲁迅在该刊发表作品五十余篇，显示了"文学革命的实绩"

了，但或者也还未能忘怀于当日自己的寂寞的悲哀罢，所以有时候仍不免呐喊几声，聊以慰藉那在寂寞里奔驰的猛士，使他不惮于前驱。至于我的喊声是勇猛或是悲哀，是可憎或是可笑，那倒是不暇顾及的；但既然是呐喊，则当然须听将令的了，所以我往往不恤用了曲笔，在《药》的瑜儿的坟上平空添上一个花环，在《明天》里也不叙单四嫂子竟没有做到看见儿子的梦，因为那时的主将是不主张消极的。至于自己，却也并不愿将自以为苦的寂寞，再来传染给也如我那年青时候似的正做着好梦的青年。

这样说来，我的小说和艺术的距离之远，也就可想而知了，然而到今日还能蒙着小说的名，甚而至于且有成集的机会，无论如何总不能不说是一件侥幸的事，但侥幸虽使我不安于心，而悬揣人间暂时还有读者，则究竟也仍然是高兴的。

所以我竟将我的短篇小说结集起来，而且付印了，又因为上面所说的缘由，便称之为《呐喊》。

一九二二年十二月三日，鲁迅记于北京。

本篇作于1922年12月。发表于1923年8月21日《晨报·文学旬刊》时,《呐喊》刚刚印出。

《呐喊》不少素材来自鲁迅前半生的经历。鲁迅赞成郁达夫一篇文章中的意思,"凡文学家的作品,多少总带点自叙传的色彩的"（鲁迅《三闲集·怎么写》）,其实这是法国作家法郎士的创作谈。虽然鲁迅在创作过程中对素材有变形、扭曲、遮蔽,也有为了"听将令"而做的夸张和虚构,但总能找到历史和现实的影子。鲁迅二弟周作人《鲁迅小说里的人物》为鲁迅小说中大多数人物找到实生活的原型。其他回忆文字,如鲁迅三弟周建人的《鲁迅故家的败落》,鲁迅堂叔周冠五的《鲁迅家庭家族和当年绍兴民俗·鲁迅堂叔周冠五回忆鲁迅全编》等,也有参考价值。

自序中最应该注意的情节是鲁迅与金心异（钱玄同）的"铁屋对"——成就鲁迅文学的一个重要意象,也是鲁迅思想的一个关键点。鲁迅将旧时代或旧文化比作一间密闭的铁屋,后人往往将鲁迅的呐喊称为"铁屋中的呐喊"。疑问由此产生:既然是密闭的铁屋,

《呐喊·自序》1923年8月21日刊于《晨报·文学旬刊》

觉醒怎么可能？发出了呐喊的鲁迅是先觉者吗？他是怎么觉醒的？显然，先觉者不止鲁迅一人，文中也说的是"几个人"，应该是指《新青年》杂志的同人。当然，也不限于同时代人，在他们之前，清末民初的先觉者，有康有为、梁启超、黄遵宪等。为什么呐喊的效果一直不佳？几代先觉者为什么没能冲破铁屋子？

正因为以往的呐喊是失败的，才有了鲁迅的迟疑：自己的呐喊就能比前辈的呐喊更有效吗？鲁迅面对的是一个艰难选择：要不要怀着希望？要不要继续前进？如果不呐喊，人们必将陷入死灭；如果怀着希望，继续前行，就可能走出一条路。

人们总是选择抱着希望前进——或者竟是生命的本能。

所以，鲁迅这篇自序是在为"希望"这个自己制造的偶像辩护：虽然是玄虚缥缈的，但无法彻底否定它的存在，就像对钱玄同的论断不能彻底怀疑一样。

自序中，鲁迅不可能将当时的情景全部写进去。例如，催促他写作的，除钱玄同外，还有陈独秀、周作人等，但自序中重点写的是钱玄同。而在1933年写的《我怎么做起小说来》中，就换成了陈独秀为主："这里我必得记念陈独秀先生，他是催促我做小说最着力的一个。"其实，这样的场合，鲁迅是应该提上周作人一笔的。1922年底写这篇序言的时候，他还没有跟周作人决裂。之所以不提，可能是为了避嫌。可以想见，时为北大教授、《新青年》热门撰稿人的周作人在鼓动鲁迅写文章方面出力甚多 —— 可能是出力最多的一个 ——《呐喊》初版版权页有"编者　周作人"的字样。

　　自序是传记的一种形式，鲁迅在自序中重点讲小说创作的缘起：为什么创作？怎么开始创作？还有一个专业的问题：为什么选择小说文体？鲁迅在《我怎么做起小说来》《中国新文学大系·小说二集序》中对这些问题做了更详尽的解释。在《我怎么做起小说来》中，他说当时住在北京的会馆里，没有参考书，不能做论文，也没法搞翻译，只好写小说。似乎又把小说品评得低了一等。其实，那时《新青年》杂志并非以刊登小说为主而以论文和杂感为主，如鲁迅在《中国新文学大系·小说二集序》中所说："后来白话作者逐渐多了起来，但又因为《新青年》其实是一个论议的刊物，所以创作并不怎样着重，比较旺盛的只有白话诗；至于戏曲和小说，也依然大抵是翻译。"

　　鲁迅在小说创作方面早有准备。写作《狂人日记》前除了写过一篇文言小说《怀旧》外，他的文学活动主要在翻译外国文论和小说方面。

　　《我怎么做起小说来》的主要内容：一是回答自己为什么写小

说："在中国，小说不算文学，做小说的也决不能称为文学家，所以并没有人想在这一条道路上出世。我也并没有要将小说抬进'文苑'里的意思，不过想利用他的力量，来改良社会。"二是叙述自己为创作小说做的准备："注重的倒是在绍介，在翻译，而尤其注重于短篇，特别是被压迫的民族中的作者的作品。因为那时正盛行着排满论，有些青年，都引那叫喊和反抗的作者为同调的……因为所求的作品是叫喊和反抗，势必至于倾向了东欧，因此所看的俄国、波兰以及巴尔干诸小国作家的东西就特别多。也曾热心的搜求印度、埃及的作品，但是得不到。记得当时最爱看的作者，是俄国的果戈理（N. Gogol）和波兰的显克微支（H. Sienkiewicz）。日本的，是夏目漱石和森鸥外。"这就是所谓的读过"百来篇"外国小说："大约所仰仗的全在先前看过的百来篇外国作品和一点医学上的知识。"三是叙述自己作品的取材和创作方法："所以我的取材，多采自病态社会的不幸的人们中，意思是在揭出病苦，引起疗救的注意。所以我力避行文的唠叨，只要觉得够将意思传给别人了，就宁可什么陪衬拖带也没有。中国旧戏上，没有背景，新年卖给孩子看的花纸上，只有主要的几个人（但现在的花纸却多有背景了），我深信对于我的目的，这方法是适宜的，所以我不去描写风月，对话也决不说到一大篇。"这方法，用中国绘画术语说是"白描"。

狂人日记

序[1]

　　某君昆仲，今隐其名，皆余昔日在中学校时良友；分隔多年，消息渐阙。日前偶闻其一大病；适归故乡，迂道往访，则仅晤一人，言病者其弟也。"劳君远道来视，然已早愈，赴某地候补[2]矣。"因大笑，出示日记二册，谓可见当日病状，不妨献诸旧友。持归阅一过，知所患盖"迫害狂"[3]之类。语颇错杂无伦次，又多荒唐之言；亦不著月日，惟墨色字体不一，知非一时所书。间亦有略具联络者，今撮录一篇，以供医家研究。记中语误，一字不易；惟人名虽皆村人，不为世间所知，无关大体，然亦悉易去。至于书名，则本人愈

1　鲁迅用文言作序，与正文的白话形成对照，颇有象征意义：时代在变，行文方式也在变。

2　候补：清代官制，通过科举或捐纳等途径取得官衔，但还没有实际职务的中下级官员，由吏部抽签分发到某部或某省，听候委用。民国初期沿用这种官制。

3　迫害狂：被害妄想症患者。鲁迅不但从医学知识上获得认识，而且与此类病人有实际交往。原型"乃是鲁迅的表兄弟……在西北游幕，忽然说同事要谋害他，逃到北京来躲避……（鲁迅）午前带他去看医生，车上看见背枪站岗的巡警．突然出惊，面无人色。据说他那眼神非常可怕，充满恐怖，阴森森的显出狂人的特色，就是常人临死也所没有的。"(《人物》)

后所题，不复改也。七年四月二日识。

一

今天晚上，很好的月光。

我不见他，已是三十多年；今天见了，精神分外爽快。才知道以前的三十多年，全是发昏；然而须十分小心。不然，那赵家的狗，何以看我两眼呢？[1]

我怕得有理。

二

今天全没月光，我知道不妙。早上小心出门，赵贵翁的眼色便怪：似乎怕我，似乎想害我。还有七八个人，交头接耳的议论我，又怕我看见。一路上的人，都是如此。其中最凶的一个人，张着嘴，对我笑了一笑；我便从头直冷到脚跟，晓得他们布置，都已妥当了。

我可不怕，仍旧走我的路。前面一伙小孩子，也在那里议论我；眼色也同赵贵翁一样，脸色也都铁青。我想我同小孩子有什么

---

[1] 此处或许借鉴果戈理《狂人日记》。"果戈理自己犯过精神病，有点经验，那篇小说的主人公是'发花呆'的，原是一个替科长修鹅毛管笔尖的小书记，单相思的爱上了上司的小姐……鲁迅当初大概也有意思要学它，如说赵贵翁家的狗看了他两眼，这与果戈理小说里所说小姐的吧儿狗有点相近。"（《人物》）

仇，他也这样。忍不住大声说，"你告诉我！"他们可就跑了。

我想：我同赵贵翁有什么仇，同路上的人又有什么仇；只有廿年以前，把古久先生的陈年流水簿子[1]，踹了一脚，古久先生很不高兴。赵贵翁虽然不认识他，一定也听到风声，代抱不平；约定路上的人，同我作冤对。但是小孩子呢？那时候，他们还没有出世，何以今天也睁着怪眼睛，似乎怕我，似乎想害我。这真教我怕，教我纳罕而且伤心。

我明白了。这是他们娘老子教的！

三

晚上总是睡不着。凡事须得研究，才会明白。

他们 —— 也有给知县打枷过的，也有给绅士掌过嘴的，也有衙役占了他妻子的，也有老子娘被债主逼死的；他们那时候的脸色，全没有昨天这么怕，也没有这么凶。[2]

最奇怪的是昨天街上的那个女人，打他儿子，嘴里说道，"老子呀！我要咬你几口才出气！"他眼睛却看着我。我出了一惊，遮

1　鲁迅写作《狂人日记》，也从中国编年体史书《资治通鉴》这部"流水簿子"中得到启发："偶阅《通鉴》，乃悟中国人尚是食人民族，因成此篇。"（1918年8月20日致许寿裳信）

2　这揭示了中国人受到的苦难多而复杂，外部内部，上下阶层之间，本层级之间，组成一个受害和互害的社会。鲁迅在《病后杂谈之余 —— 关于"舒愤懑"》中说："自有历史以来，中国人是一向被同族和异族屠戮，奴隶，敲掠，刑辱，压迫下来的，非人类所能忍受的楚毒，也都身受过，每一考查，真教人觉得不像活在人间。"

掩不住；那青面獠牙的一伙人，便都哄笑起来。陈老五赶上前，硬把我拖回家中了。

拖我回家，家里的人都装作不认识我；他们的眼色，也全同别人一样。进了书房，便反扣上门，宛然是关了一只鸡鸭。这一件事，越教我猜不出底细。

前几天，狼子村的佃户来告荒，对我大哥说，他们村里的一个大恶人，给大家打死了；几个人便挖出他的心肝来，用油煎炒了吃，可以壮壮胆子。[1]我插了一句嘴，佃户和大哥便都看我几眼。今天才晓得他们的眼光，全同外面的那伙人一模一样。

想起来，我从顶上直冷到脚跟。

他们会吃人，就未必不会吃我。

你看那女人"咬你几口"的话，和一伙青面獠牙人的笑，和前天佃户的话，明明是暗号。我看出他话中全是毒，笑中全是刀。他们的牙齿，全是白厉厉的排着，这就是吃人的家伙。

照我自己想，虽然不是恶人，自从踹了古家的簿子，可就难说了。他们似乎别有心思，我全猜不出。况且他们一翻脸，便说人是恶人。我还记得大哥教我做论，无论怎样好人，翻他几句，他便打

1　迷信认为吃某些动物器官对身体有好处，即所谓"以形补形"。李时珍《本草纲目》中就有记载。俗语说"吃了豹子胆"就能壮胆，此外还有喝虎骨酒强身，吃牛鞭、驴鞭可以增强性功能等附会之说。

上几个圈；原谅坏人几句，他便说"翻天妙手，与众不同"[1]。我那里猜得到他们的心思，究竟怎样；况且是要吃的时候。

凡事总须研究，才会明白。古来时常吃人，我也还记得，可是不甚清楚。我翻开历史一查，这历史没有年代，歪歪斜斜的每叶上都写着"仁义道德"几个字。我横竖睡不着，仔细看了半夜，才从字缝里看出字来，满本都写着两个字是"吃人"！

书上写着这许多字，佃户说了这许多话，却都笑吟吟的睁着怪眼睛看我。

我也是人，他们想要吃我了！

四

早上，我静坐了一会。陈老五送进饭来，一碗菜，一碗蒸鱼；这鱼的眼睛，白而且硬，张着嘴，同那一伙想吃人的人一样。吃了几筷，滑溜溜的不知是鱼是人，便把他兜肚连肠的吐出。

我说"老五，对大哥说，我闷得慌，想到园里走走。"老五不答应，走了；停一会，可就来开了门。

1　做史论、策论之类文章，翻案法是个妙诀，因为无论什么观点，总能找到理由驳斥。鲁迅青年时代学做八股文，后来上了洋学堂，改作"论"，名目不同，手法近似，如周作人所说："二者同是制艺或功令文，但做八股文使人庸腐，做策论则使人谬妄，其一重在模拟服从，其一则重在胡说乱道也。专做八股文的结果只会学会按谱填词，应拍起舞，里边全没有思想，其做八股文而能胡说乱道者仍靠兼做策论之力也。八股文的题目只出在经书里，重要的实在还只是四书，策论范围便很大了，历史政治伦理哲学玄学是一类，经济兵制水利地理天文等是一类，一个人哪里能够知道得这许多，于是只好以不知为知，后来也就居然自以为知，胡说乱道之后继以误国殃民。"（周作人《谈策论》）

"满本都写着两个字是'吃人'"（颜铁良 作）

我也不动，研究他们如何摆布我；知道他们一定不肯放松。果然！我大哥引了一个老头子，慢慢走来；他满眼凶光，怕我看出，只是低头向着地，从眼镜横边暗暗看我。大哥说，"今天你仿佛很好。"我说"是的。"大哥说，"今天请何先生来，给你诊一诊。"我说"可以！"其实我岂不知道这老头子是刽子手扮的！无非借了看脉这名目，揣一揣肥瘠：因这功劳，也分一片肉吃。[1]我也不怕；虽然不吃人，胆子却比他们还壮。[2]伸出两个拳头，看他如何下手。老头子坐着，闭了眼睛，摸了好一会，呆了好一会；便张开他鬼眼睛说，"不要乱想。静静的养几天，就好了。"

不要乱想，静静的养！养肥了，他们是自然可以多吃；我有什么好处，怎么会"好了"？他们这群人，又想吃人，又是鬼鬼祟祟，想法子遮掩，不敢直捷下手，真要令我笑死。我忍不住，便放声大笑起来，十分快活。自己晓得这笑声里面，有的是义勇和正气。老头子和大哥，都失了色，被我这勇气正气镇压住了。

但是我有勇气，他们便越想吃我，沾光一点这勇气。老头子跨出门，走不多远，便低声对大哥说道，"赶紧吃罢！"大哥点点头。原来也有你！这一件大发见，虽似意外，也在意中：合伙吃我的人，便是我的哥哥！

1　鲁迅个人气质甚至遗传基因与写作狂人题材之间或有关系。胡适在1922年8月11日日记中写道："启明（周作人）说，他的祖父是一个翰林，滑稽似豫才；一日，他谈及一个负恩的朋友，说他死后忽然梦中来见，身穿大毛的皮外套，对他说：'今生不能报答你了，只好来生再图报答。'他接着谈下去：'我自从那回梦中见他以后。每回吃肉，总有点疑心。'这种滑稽，确有点像豫才。"

2　胆子壮，正是因为没有吃过人而且反对吃人，有道德优越感。与下文的"有的是义勇和正气"一致。后来知道自己也是吃人族群的一分子，就不这么说了。

吃人的是我哥哥！

我是吃人的人的兄弟！

我自己被人吃了，可仍然是吃人的人的兄弟！

五

这几天是退一步想：假使那老头子不是刽子手扮的，真是医生，也仍然是吃人的人。他们的祖师李时珍做的"本草什么"[1]上，明明写着人肉可以煎吃；他还能说自己不吃人么？

至于我家大哥，也毫不冤枉他。他对我讲书的时候，亲口说过可以"易子而食"[2]；又一回偶然议论起一个不好的人，他便说不但该杀，还当"食肉寝皮"[3]。我那时年纪还小，心跳了好半天。前天狼子村佃户来说吃心肝的事，他也毫不奇怪，不住的点头。可见心思是同从前一样狠。既然可以"易子而食"，便什么都易得，什么人都吃得。我从前单听他讲道理，也胡涂过去；现在晓得他讲道理的时候，不但唇边还抹着人油，而且心里满装着吃人的意思。

1　本草什么，指《本草纲目》，明代医学家李时珍的药物学著作。该书曾提到唐代陈藏器《本草拾遗》中以人肉医治痨病的记载，并表示了异议。李时珍的书"明明写着人肉可以煎吃"，应是"狂人"的"记中语误"。

2　易子而食：《左传·宣公十五年》写宋将华元对楚将子反叙说宋国都城被楚军围困时的惨状："敝邑易子而食，析骸而爨。"

3　食肉寝皮：语出《左传·襄公二十一年》，晋国州绰对齐庄公说："然二子者，（指齐国的殖绰和郭最，他们曾被州绰俘虏过）譬于禽兽，臣食其肉而寝处其皮矣。"

六

黑漆漆的，不知是日是夜。赵家的狗又叫起来了。

狮子似的凶心，兔子的怯弱，狐狸的狡猾，……

七

我晓得他们的方法，直捷杀了，是不肯的，而且也不敢，怕有
祸祟。所以他们大家连络，布满了罗网，逼我自戕。试看前几天街
上男女的样子，和这几天我大哥的作为，便足可悟出八九分了。最
好是解下腰带，挂在梁上，自己紧紧勒死；他们没有杀人的罪名，
又偿了心愿，自然都欢天喜地的发出一种呜呜咽咽的笑声[1]。否则惊
吓忧愁死了，虽则略瘦，也还可以首肯几下。

他们是只会吃死肉的！——记得什么书上说，有一种东西，叫
"海乙那"[2]的，眼光和样子都很难看；时常吃死肉，连极大的骨头，
都细细嚼烂，咽下肚子去，想起来也教人害怕。"海乙那"是狼的亲
眷，狼是狗的本家。前天赵家的狗，看我几眼，可见他也同谋，早
已接洽。老头子眼看着地，岂能瞒得我过。

最可怜的是我的大哥，他也是人，何以毫不害怕；而且合伙吃

1　笑声含着悲哀，哭声中含着幸灾乐祸，哭笑不得，哭笑兼得，于人情中并不罕见。

2　海乙那：英语hyena的音译，即鬣狗（又名土狼），一种食肉兽，常跟在狮虎等猛兽之后，以
　　它们吃剩的兽类的残尸为食。

我呢？还是历来惯了，不以为非呢？还是丧了良心，明知故犯呢？

我诅咒吃人的人，先从他起头；要劝转吃人的人，也先从他下手。

八

其实这种道理，到了现在，他们也该早已懂得，……

忽然来了一个人；年纪不过二十左右，相貌是不很看得清楚，满面笑容，对了我点头，他的笑也不像真笑。我便问他，"吃人的事，对么？"他仍然笑着说，"不是荒年，怎么会吃人。"[1]我立刻就晓得，他也是一伙，喜欢吃人的；便自勇气百倍，偏要问他。

"对么？"

"这等事问他什么。你真会……说笑话。……今天天气很好。"

天气是好，月色也很亮了。可是我要问你，"对么？"

他不以为然了。含含胡胡的答道，"不……"

"不对？他们何以竟吃？！"

"没有的事……"

"没有的事？狼子村现吃；还有书上都写着，通红斩新！"

他便变了脸，铁一般青。睁着眼说，"有许有的，这是从来

1　荒年，因旱涝粮食歉收，或因战乱导致饥荒。白居易有句："是岁江南旱，衢州人食人。"（《轻肥》）曾国藩日记记载："洪杨之乱，江苏人肉卖九十文钱一斤，涨到一百三十文钱一斤。"

如此……"

"从来如此，便对么？"

"我不同你讲这些道理；总之你不该说，你说便是你错！"[1]

我直跳起来，张开眼，这人便不见了。全身出了一大片汗。他的年纪，比我大哥小得远，居然也是一伙；这一定是他娘老子先教的。还怕已经教给他儿子了；所以连小孩子，也都恶狠狠的看我。

九

自己想吃人，又怕被别人吃了，都用着疑心极深的眼光，面面相觑。……

去了这心思，放心做事走路吃饭睡觉，何等舒服。这只是一条门槛，一个关头。他们可是父子兄弟夫妇朋友师生仇敌和各不相识的人，都结成一伙，互相劝勉，互相牵掣，死也不肯跨过这一步。

十

大清早，去寻我大哥；他立在堂门外看天，我便走到他背后，

---

1 看破不说破，大家心照不宣，得过且过。鲁迅在《论睁了眼看》中呼吁："中国人向来因为不敢正视人生，只好瞒和骗，由此也生出瞒和骗的文艺来，由这文艺，更令中国人更深地陷入瞒和骗的大泽中，甚而至于已经自己不觉得。"

拦住门，格外沉静，格外和气的对他说，

"大哥，我有话告诉你。"

"你说就是，"他赶紧回过脸来，点点头。

"我只有几句话，可是说不出来。大哥，大约当初野蛮的人，都吃过一点人。后来因为心思不同，有的不吃人了，一味要好，便变了人，变了真的人。有的却还吃，——也同虫子一样，有的变了鱼鸟猴子，一直变到人。有的不要好，至今还是虫子。这吃人的人比不吃人的人，何等惭愧。怕比虫子的惭愧猴子，还差得很远很远。[1]

"易牙蒸了他儿子，给桀纣吃，[2]还是一直从前的事。谁晓得从盘古开辟天地以后，一直吃到易牙的儿子；从易牙的儿子，一直吃到徐锡林[3]；从徐锡林，又一直吃到狼子村捉住的人。去年城里杀了犯人，还有一个生痨病的人，用馒头蘸血舐。[4]

"他们要吃我，你一个人，原也无法可想；然而又何必去入伙。吃人的人，什么事做不出；他们会吃我，也会吃你，一伙里面，也会自吃。但只要转一步，只要立刻改了，也就人人太平。虽然从来如此，我们今天也可以格外要好，说是不能！大哥，我相信你能说，

1　尼采《查拉图斯特拉如是说》："你们已经走了从虫豸到人的路，在你们里面还有许多份是虫豸。你们做过猴子，到了现在，人还尤其猴子，无论比那一个猴子。"此段系鲁迅所译，也深为鲁迅所服膺。

2　易牙，春秋时齐国人，善于调味。据《管子·小称》："夫易牙以调和事公［指齐桓公］，公曰惟蒸婴儿之未尝，于是蒸其首子而献之公。"桀、纣各为中国夏朝和商朝的最后一代君主，易牙和他们不是同时代人。这里说的"易牙蒸了他儿子，给桀纣吃"，也是狂人"语颇错杂无伦次"的表现。

3　徐锡林，指徐锡麟（1873—1907），1907年与秋瑾准备在皖、浙两省同时起义。7月6日，他以安徽巡警处会办兼巡警学堂监督身份为掩护，乘学堂举行毕业典礼之机刺死安徽巡抚恩铭，率领学生占领军械局，弹尽被捕，当日被杀害，心肝被恩铭的卫队挖出炒食。

4　民间肺病患者食用人血馒头的习俗，鲁迅在小说《药》中作了更充分的表现。

前天佃户要减租，你说过不能。"

当初，他还只是冷笑，随后眼光便凶狠起来，一到说破他们的隐情，那就满脸都变成青色了。大门外立着一伙人，赵贵翁和他的狗，也在里面，都探头探脑的挨进来。有的是看不出面貌，似乎用布蒙着；有的是仍旧青面獠牙，抿着嘴笑。我认识他们是一伙，都是吃人的人。可是也晓得他们心思很不一样，一种是以为从来如此，应该吃的；一种是知道不该吃，可是仍然要吃，又怕别人说破他，所以听了我的话，越发气愤不过，可是抿着嘴冷笑。

这时候，大哥也忽然显出凶相，高声喝道，

"都出去！疯子有什么好看！"

这时候，我又懂得一件他们的巧妙了。他们岂但不肯改，而且早已布置；预备下一个疯子的名目罩上我。将来吃了，不但太平无事，怕还会有人见情。佃户说的大家吃了一个恶人，正是这方法。这是他们的老谱！

陈老五也气愤愤的直走进来。如何按得住我的口，我偏要对这伙人说，

"你们可以改了，从真心改起！要晓得将来容不得吃人的人，活在世上。

"你们要不改，自己也会吃尽。即使生得多，也会给真的人除灭了，同猎人打完狼子一样！——同虫子一样！"

那一伙人，都被陈老五赶走了。大哥也不知那里去了。陈老五劝我回屋子里去。屋里面全是黑沉沉的。横梁和椽子都在头上发抖；抖了一会，就大起来，堆在我身上。

万分沉重，动弹不得；他的意思是要我死。我晓得他的沉重是假的，便挣扎出来，出了一身汗。可是偏要说，

"你们立刻改了，从真心改起！你们要晓得将来是容不得吃人的人，……"

十一

太阳也不出，门也不开，日日是两顿饭。

我捏起筷子，便想起我大哥；晓得妹子死掉的缘故，也全在他。那时我妹子才五岁，可爱可怜的样子，还在眼前。母亲哭个不住，他却劝母亲不要哭；大约因为自己吃了，哭起来不免有点过意不去。如果还能过意不去，……

妹子是被大哥吃了，母亲知道没有，我可不得而知。

母亲想也知道；不过哭的时候，却并没有说明，大约也以为应当的了。记得我四五岁时，坐在堂前乘凉，大哥说爷娘生病，做儿子的须割下一片肉来，煮熟了请他吃，才算好人；[1]母亲也没有说不行。一片吃得，整个的自然也吃得。但是那天的哭法，现在想起来，实在还教人伤心，这真是奇极的事！

1　指"割股疗亲"，即割取自己的股肉煎药，以医治父母的重病。这是中国古代的一种愚孝行为。

十二

不能想了。

四千年来时时吃人的地方，[1]今天才明白，我也在其中混了多年；大哥正管着家务，妹子恰恰死了，他未必不和在饭菜里，暗暗给我们吃。

我未必无意之中，不吃了我妹子的几片肉，现在也轮到我自己，……

有了四千年吃人履历的我，当初虽然不知道，现在明白，难见真的人！

十三

没有吃过人的孩子，或者还有？

救救孩子……[2]

一九一八年四月[3]。

1　四千年文明，是当时中国人对本国文明长度的估计。"四千年文明古国古"是晚清军歌歌词。

2　1927年，鲁迅离开广州前，已深感拯救工作之艰巨了："现在倘再发那些四平八稳的'救救孩子'似的议论，连我自己听去，也觉得空空洞洞了。"（《答有恒先生》）

3　《呐喊》结集时，鲁迅在每篇文章末尾都标注了写作时间，因为是凭记忆补写，有的不一定准确。本篇鲁迅自注的写作时间是"一九一八年四月"，正是小说发表于《新青年》前的一个月。

本篇最初发表于1918年5月《新青年》第四卷第五号，是鲁迅的第一篇白话短篇小说，首次使用笔名"鲁迅"。鲁迅在《我怎么做起小说来》中说写《狂人日记》"大约所仰仗的全在先前看过的百来篇外国作品和一点医学上的知识，此外的准备，一点也没有"。最后一句略显绝对。其他准备当然是有的，例如他搜集和研究金石拓本，校勘古籍如《嵇康集》，甚至抄录佛经，大约因为是所谓"旧学"，他不愿提起吧。

　　鲁迅除在《呐喊》自序中叙述这篇作品的产生过程外，还在《中国新文学大系·小说二集序》中评价说：

　　　　从一九一八年五月起，《狂人日记》《孔乙己》《药》等，陆续的出现了，算是显示了"文学革命"的实绩，又因那时的认为"表现的深切和格式的特别"，颇激动了一部分青年读者的心。然而这激动，却是向来怠慢了绍介欧洲大陆文学的缘故。一八三四年顷，俄国的果戈理（N. Gogol）就已经写了《狂人

《狂人日记》1918年5月刊于《新青年》

日记》；一八八三年顷，尼采（Fr. Nietzsche）也早借了苏鲁支（Zarathustra）的嘴，说过"你们已经走了从虫豸到人的路，在你们里面还有许多份是虫豸。你们做过猴子，到了现在，人还尤其猴子，无论比那一个猴子"的。而且《药》的收束，也分明的留着安特莱夫（L. Andreev）式的阴冷。但后起的《狂人日记》意在暴露家族制度和礼教的弊害，却比果戈理的忧愤深广，也不如尼采的超人的渺茫。

作品发表后不久，他写信给好友许寿裳，谈及此篇的写作意图："《狂人日记》实为拙作，又有白话诗署'唐俟'者，亦仆所为。前曾言中国根柢全在道教，此说近颇广行。以此读史，有多种问题可以迎刃而解。后以偶阅《通鉴》，乃悟中国人尚是食人民族，因成此篇。此种发现，关系亦甚大，而知者尚寥寥也。"《资治通鉴》是编年体史书，讲述中国历史故事——这显然也是一种准备。

北京大学学生傅斯年是较早评论《狂人日记》者之一："就文章而论，唐俟〔应为鲁迅〕君的《狂人日记》用写实笔法，达寄托（Symbolism）的旨趣。"这是"中国近来第一篇好小说"（《〈新青年〉杂志》）。对此，鲁迅谦虚地回复："《狂人日记》很幼稚，而且太逼促。照艺术上说，是不应该的。来信说好，大约是夜间飞禽都归巢睡觉了，所以单见蝙蝠的能干了。"（《对于〈新潮〉一部分的意见》）

傅斯年还写了《一段疯话》，发挥疯子是天才和最理性的人的意思：

寻常人说上几句疯话，便觉可爱，若是纯粹疯子，可爱的很，更不消说了。在现在社会里求"超人"，只有疯子当得起。疯子的思想，总比我们超过一层，疯子的感情，总比我们来得真挚，疯子的行事，更是可望而不可即的。疯子对于社会有一个透彻的见解，因而对于人生有一个透彻的觉悟，因而行事决绝，不受世间习俗的拘束。我们精神健全——其实是精神停顿——的人，只知道社会的形式，不知道社会的内心，只知道人生的形迹，不知道人生的意味。看见精神异常——其实是精神发扬——的人，便以为疯癫。这真恰恰像我们的祖先看见不曾见过的蓝眼黄发"人"，大叫以为"鬼子！鬼子！"……又譬如鲁迅先生所作《狂人日记》的狂人，对于人世的见解，真个透彻极了，但是世人总不能不说他是狂人。哼哼！狂人！狂人！耶稣、苏格拉底在古代，托尔斯泰、尼采在近代，世人何尝不称他作狂人呢？但是过了些时，何以无数的非狂人跟着狂人走呢？文化的进步，都由于有若干狂人，不问能不能，不管大家愿不愿，一个人去辟不经人迹的路。最初大家笑他，厌他，恨他，一会儿便要惊怪他，佩服他，终结还是爱他，像神明一般地待他。所以我敢决然断定，疯子是乌托邦的发明家，未来社会的制造者。至于他的命运，又是受嘲于当年，受敬于死后。

吴虞的长文《吃人与礼教》列举中国历史上很多吃人的实例，对鲁迅小说中狂人讲易牙桀纣等吃人事件做了考证和补充，颇有学术意味。

周作人是《狂人日记》写作过程的见证者之一，对吃人这个主题感触很深，文章中也多次出现吃人意象。《泽泻集》中有一篇《吃烈士》写道：

中国人本来是食人族，象征他说有吃人的礼教，遇见要证据的实验派可以请他看历史的事实，其中最冠冕的有南宋时一路吃着人腊去投奔江南行在的山东忠义之民。不过这只是吃了人去做义民，所吃的还是庸愚之肉，现在却轮到吃烈士，不可谓非旷古未闻的口福了。

前清时捉到行刺的革党，正法后其心脏大都为官兵所炒而分吃，这在现在看去大有吃烈士的意味，但那时候也无非当作普通逆贼看，实行国粹的寝皮食肉法，以维护纲常，并不是如妖魔之于唐僧，视为十全大补的特品。若现今之吃烈士，则知其为——且正固其为烈士而吃之，此与历来之吃法又截然不同者也。

所谓"人腊"，就是将人体做成肉干即所谓"干粮"。1947年9月，周作人写了一首诗《修禊》，其中有"哀哉两脚羊，束身成鼎鼐。犹幸制熏腊，咀嚼化正气"等句。他自认后二句是"决绝明快"的"神来之笔"："我前曾说过，平常喜欢和淡的文字思想，但有时亦嗜极辛辣的，有掐臂见血的痛感，此即为我喜那'英国狂生'斯威夫德之一理由，上文的发想，或者非意识的由其《育婴刍议》中得来亦未可知，唯索解人殊不易得，昔日鲁迅在时最能知此意，今不知尚有何人耳。"

鲁迅高度凝练出文化传统"吃人"的主题，发出"救救孩子"的呼喊。但小说最后一句"救救孩子"后面的省略号，含有无尽的意思，应该也包含一种疑问：这是可能的吗？

写小说当然要虚构，但虚构也要有真实性，即需要有文学的真实，这真实有时高于现实的真实。在《狂人日记》中，时间错乱是文学真实性的一种表现方式。狂人被当作疯子长期禁闭，时间概念已经不清晰。鲁迅在《狂人日记》的文言小引末尾标注时间为"七年四月二日识"，是叙述者"我"完成整理的时间，而正文狂人的十三则日记末尾标注"一九一八年四月"，说明是日记刚刚写完，"我"拿到后不久就加了一个序言发表出来。这应该是为了增强这篇貌似荒诞的小说的真实感，意在让人相信这是真人真事，引发读者对狂人的内心独白给予重视。

孔乙己

　　鲁镇的酒店的格局，是和别处不同的：都是当街一个曲尺形的大柜台，柜里面预备着热水，可以随时温酒。做工的人，傍午傍晚散了工，每每花四文铜钱，买一碗酒，[1] ——这是二十多年前的事，现在每碗要涨到十文，——靠柜外站着，热热的喝了休息；倘肯多花一文，便可以买一碟盐煮笋，或者茴香豆，做下酒物了，如果出到十几文，那就能买一样荤菜，但这些顾客，多是短衣帮，大抵没有这样阔绰。只有穿长衫的，才踱进店面隔壁的房子里，要酒要菜，慢慢地坐喝。

　　我从十二岁起，便在镇口的咸亨酒店[2]里当伙计，掌柜说，样子太傻，怕侍候不了长衫主顾，就在外面做点事罢。外面的短衣主顾，虽然容易说话，但唠唠叨叨缠夹不清的也很不少。他们往往要亲眼

1　绍兴说吃酒一般是指吃黄酒。

2　故居原型的咸亨酒店开设在今绍兴鲁迅故居附近的东昌坊口。周作人回忆道："这是一个小酒店，却有双间店面，坐南朝北，正对着鲁迅故家新台门的大门。这是周家的几个人所开设，请了一个伙计一个徒弟照管着，但是不到两年就关门了。"（《人物》）

看着黄酒从坛子里舀出，看过壶子底里有水没有，又亲看将壶子放在热水里，然后放心：在这严重监督之下，羼水[1]也很为难。所以过了几天，掌柜又说我干不了这事。幸亏荐头的情面大，辞退不得，便改为专管温酒的一种无聊职务了。

我从此便整天的站在柜台里，专管我的职务。虽然没有什么失职，但总觉有些单调，有些无聊。掌柜是一副凶脸孔，主顾也没有好声气，教人活泼不得；只有孔乙己到店，才可以笑几声，所以至今还记得。

孔乙己是站着喝酒而穿长衫的唯一的人。[2]他身材很高大；青白脸色，皱纹间时常夹些伤痕；一部乱蓬蓬的花白的胡子。穿的虽然是长衫，可是又脏又破，似乎十多年没有补，也没有洗。他对人说话，总是满口之乎者也，教人半懂不懂的。因为他姓孔，别人便从描红纸[3]上的"上大人孔乙己"这半懂不懂的话里，替他取下一个绰号，叫作孔乙己。孔乙己一到店，所有喝酒的人便都看着他笑，有的叫道，"孔乙己，你脸上又添上新伤疤了！"他不回答，对柜里说，"温两碗酒，要一碟茴香豆。"便排出九文大钱。他们又故意的高声嚷道，"你一定又偷了人家的东西了！"孔乙己睁大眼睛说，

1　根据周作人提供的情况："伙计酒里羼水，可能在吊酒的时候，在窜筒内留着一点水，因为他照例要先把窜筒洗一下，老酒客却高呼道：窜筒不要洗！"（《人物》）可见羼水是很难的一件事。

2　鲁迅这么写，可能熔铸了弟弟周作人少年时代的一段屈辱经历。周氏兄弟的祖父出狱回家，对家事多有干涉。他让周作人去买菜，却不许他穿短衣，而必须穿长衫——因为是读书人。于是，周作人成了提篮子买菜队伍中少穿长衫的人。（周作人《知堂回想录》）

3　描红纸：一种印有红字，供摹写用的字帖。旧时最通行的一种，印有"上大人孔（明代以前作丘）乙己化三千七十士尔小生八九子佳作仁可知礼也"这样一些笔画简单、三字一句和似通非通的文字。

"你怎么这样凭空污人清白……""什么清白？我前天亲眼见你偷了何家的书，吊着打。"孔乙己便涨红了脸，额上的青筋条条绽出，争辩道，"窃书不能算偷……窃书！……读书人的事，能算偷么？"

接连便是难懂的话，什么"君子固穷"[1]，什么"者乎"之类，引得众人都哄笑起来：店内外充满了快活的空气。

听人家背地里谈论，孔乙己原来也读过书，但终于没有进学[2]，又不会营生；于是愈过愈穷，弄到将要讨饭了。幸而写得一笔好字，便替人家钞钞书，换一碗饭吃。可惜他又有一样坏脾气，便是好喝懒做。坐不到几天，便连人和书籍纸张笔砚，一齐失踪。如是几次，叫他钞书的人也没有了。孔乙己没有法，便免不了偶然做些偷窃的事。但他在我们店里，品行却比别人都好，就是从不拖欠；虽然间或没有现钱，暂时记在粉板上，但不出一月，定然还清，从粉板上拭去了孔乙己的名字。

孔乙己喝过半碗酒，涨红的脸色渐渐复了原，旁人便又问道，"孔乙己，你当真认识字么？"孔乙己看着问他的人，显出不屑置辩的神气。他们便接着说道，"你怎的连半个秀才也捞不到呢？"孔乙己立刻显出颓唐不安模样，脸上笼上了一层灰色，嘴里说些话；这回可是全是之乎者也之类，一些不懂了。在这时候，众人也都哄笑起来：店内外充满了快活的空气。

1　"君子固穷"：语见《论语·卫灵公》。"固穷"即"固守其穷"，不以穷困而改变操守。

2　进学：明清科举制度，童生经过县考初试，府考复试，再参加由学政主持的院考（道考），考取的列名府、县学籍，叫进学，也就成了秀才。又规定每三年举行一次乡试（省一级考试），由秀才或监生应考，取中的就是举人。

在这些时候，我可以附和着笑，掌柜是决不责备的。而且掌柜见了孔乙己，也每每这样问他，引人发笑。孔乙己自己知道不能和他们谈天，便只好向孩子说话。有一回对我说道，"你读过书么？"我略略点一点头。他说，"读过书，……我便考你一考。茴香豆的茴字，怎样写的？"我想，讨饭一样的人，也配考我么？便回过脸去，不再理会。孔乙己等了许久，很恳切的说道，"不能写罢？……我教给你，记着！这些字应该记着。将来做掌柜的时候，写账要用。"我暗想我和掌柜的等级还很远呢，而且我们掌柜也从不将茴香豆上账；又好笑，又不耐烦，懒懒的答他道，"谁要你教，不是草头底下一个来回的回字么？"孔乙己显出极高兴的样子，将两个指头的长指甲敲着柜台，点头说，"对呀对呀！……回字有四样写法[1]，你知道么？"我愈不耐烦了，努着嘴走远。孔乙己刚用指甲蘸了酒，想在柜上写字，见我毫不热心，便又叹一口气，显出极惋惜的样子。

有几回，邻舍孩子听得笑声，也赶热闹，围住了孔乙己。他便给他们茴香豆吃，一人一颗。孩子吃完豆，仍然不散，眼睛都望着碟子。孔乙己着了慌，伸开五指将碟子罩住，弯腰下去说道，"不多了，我已经不多了。"直起身又看一看豆，自己摇头说，"不多不多！多乎哉？不多也。"[2]于是这一群孩子都在笑声里走散了。

孔乙己是这样的使人快活，可是没有他，别人也便这么过。

---

1 回字通常有三种写法：回、囘、囬。第四种见《康熙字典·备考》，极少见。

2 "多乎哉？不多也"，语见《论语·子罕》："太宰问于子贡曰：'夫子圣者与？何其多能也！'子贡曰：'固天纵之将圣，又多能也。'子闻之，曰：'太宰知我乎？吾少也贱，故多能鄙事。'君子多乎哉？不多也。"这里与原意无关。

有一天，大约是中秋前的两三天，掌柜正在慢慢的结账，取下粉板，忽然说，"孔乙己长久没有来了。还欠十九个钱呢！"我才也觉得他的确长久没有来了。一个喝酒的人说道，"他怎么会来？……他打折了腿了。"掌柜说，"哦！""他总仍旧是偷。这一回，是自己发昏，竟偷到丁举人家里去了。他家的东西，偷得的么？""后来怎么样？""怎么样？先写服辩[1]，后来是打，打了大半夜，再打折了腿。""后来呢？""后来打折了腿了。""打折了怎样呢？""怎样？……谁晓得？许是死了。"掌柜也不再问，仍然慢慢的算他的账。

中秋过后，秋风是一天凉比一天，看看将近初冬；我整天的靠着火，也须穿上棉袄了。一天的下半天，没有一个顾客，我正合了眼坐着。忽然间听得一个声音，"温一碗酒。"这声音虽然极低，却很耳熟。看时又全没有人。站起来向外一望，那孔乙己便在柜台下对了门槛坐着。他脸上黑而且瘦，已经不成样子；穿一件破夹袄，盘着两腿，下面垫一个蒲包，用草绳在肩上挂住；见了我，又说道，"温一碗酒。"掌柜也伸出头去，一面说，"孔乙己么？你还欠十九个钱呢！"孔乙己很颓唐的仰面答道，"这……下回还清罢。这一回是现钱，酒要好。"掌柜仍然同平常一样，笑着对他说，"孔乙己，你又偷了东西了！"但他这回却不十分分辩，单说了一句"不要取笑！""取笑？要是不偷，怎么会打断腿？"孔乙己低声说道，"跌断，跌，跌……"他的眼色，很像恳求掌柜，不要再提。此时

1　服辩，又作伏辩，即认罪书。

已经聚集了几个人，便和掌柜都笑了。我温了酒，端出去，放在门槛上。他从破衣袋里摸出四文大钱，放在我手里，见他满手是泥，原来他便用这手走来的。不一会，他喝完酒，便又在旁人的说笑声中，坐着用这手慢慢走去了。

自此以后，又长久没有看见孔乙己。到了年关，掌柜取下粉板说，"孔乙己还欠十九个钱呢！"到第二年的端午，又说"孔乙己还欠十九个钱呢！"到中秋可是没有说，再到年关也没有看见他。

我到现在终于没有见 —— 大约孔乙己的确死了。

一九一九年三月。

本篇最初发表于1919年4月《新青年》第六卷第四号。《呐喊》初版标注写作日期是1919年3月。但据发表时鲁迅的"附记"，当作于1918年冬天。

　　"附记"写道：

　　　　这一篇很拙的小说，还是去年冬天做成的。那时的意思，单在描写社会上的或一种生活，请读者看看，并没有别的深意。但用活字排印了发表，却已在这时候，——便是忽然有人用了小说盛行人身攻击的时候。大抵著者走入暗路，每每能引读者的思想跟他堕落：以为小说是一种泼秽水的器具，里面糟蹋的是谁。这实在是一件极可叹可怜的事。所以我在此声明，免得发生猜度，害了读者的人格。一九一九年三月二十六日记。

　　这篇小说并没有攻击什么人，没有向哪个人泼秽水，这段附记读来有些莫名其妙。大约是讽喻当时反对白话文的林纾，因为林纾写了《荆生》《妖梦》，把蔡元培、陈独秀、胡适和钱玄同影射成凶恶、可笑人物。

孙伏园在《鲁迅先生二三事》中回忆，鲁迅曾说《孔乙己》是他最满意的作品，还披露鲁迅向他透露过写作的意图，是想描写"一般社会对于苦人的凉薄"，这成了后来人们评价作品的一个基点——从咸亨酒店看客的麻木与残忍写出了孔乙己作为旧时科举失败者的不幸。咸亨酒店就是走向式微的中国封建时代的高倍缩影，是当时"一般社会"的象征。人们残忍地鉴赏他人的苦痛，尤其是那些较之一般人更为不幸的"苦人"。苦人越是不幸，越能获得好的观看效果，满足旁观者的猎奇心理。孔乙己的苦在于他与"一般社会"格格不入，用小说中那句精辟的话来说，他是"站着喝酒而穿长衫的唯一的人"——既没有进入"长衫党"，也不是"短衣帮"，前者是客观上的不能，后者是主观上的不愿。看客们深知孔乙己生活的真相：经济上无法维持读书人的清高。社会对孔乙己的"凉薄"表现之一，是有意揭其短处，暴其伤疤，令其苦痛，如问孔乙己身上为什么有伤痕，问孔乙己是否偷了书，如此，将孔乙己仅存的一点清高剥夺净尽。即便是"我"这个咸亨酒店的边缘人也参与了对孔乙己的精神虐杀，拒绝孔乙己对"我"的示好，扑灭了孔乙己想从"我"这里获得一点点为人的尊严的幻想。

鲁迅揭示出"社会对于苦人的凉薄"，蕴含着他对孔乙己的深刻的同情。这种描写之所以如此成功，一个原因应该是融入了他自己在家道中落后奔波于当铺和药铺、受人白眼和冷遇时所经受的种种心理压力。

小说通篇采用一种平静、冷漠的语调，叙述者并没有发表议论，对孔乙己既不指责，也不表同情。两年后，1921年4月15日，鲁迅译成阿尔志跋绥夫《工人绥惠略夫》，在译后记中将该书中的小人物与中国的小人物做了比较，感慨地写道，《工人绥惠略夫》中"便是其余的小人物，借此衬出不可救药的社会的，也仍然时时露出人性来，这流露，便是于无意中愈显出俄国人民的伟大。我们试在本国一搜索，恐怕除了帐幔后的老男女和小贩商人以外，很不容易见到别的人物。"这些老男女和小商贩就包括咸亨酒店中的看客。

药

一

秋天的后半夜，月亮下去了，太阳还没有出，只剩下一片乌蓝的天；除了夜游的东西，什么都睡着。华老栓忽然坐起身，擦着火柴，点上遍身油腻的灯盏，茶馆的两间屋子里，便弥满了青白的光。

"小栓[1]的爹，你就去么？"是一个老女人的声音。里边的小屋子里，也发出一阵咳嗽。

"唔。"老栓一面听，一面应，一面扣上衣服；伸手过去说，"你给我罢。"

华大妈在枕头底下掏了半天，掏出一包洋钱[2]，交给老栓，老栓

1　小栓：周作人认为这是北方很普通的名字："栓的意思是缚或系，恐怕小孩养不大，给他取这名字，有如乡下的挂牛绳，但在绍兴是没有的。"（《人物》）

2　洋钱：银元，最初是从外国流入中国。中国自清代后期开始自铸银元，但民间仍沿用这个旧称。

接了，抖抖的装入衣袋，又在外面按了两下；便点上灯笼，吹熄灯盏，走向里屋子去了。那屋子里面，正在窸窸窣窣的响，接着便是一通咳嗽。老栓候他平静下去，才低低的叫道，"小栓……你不要起来。……店么？你娘会安排的。"

老栓听得儿子不再说话，料他安心睡了；便出了门，走到街上。街上黑沉沉的一无所有，只有一条灰白的路，看得分明。灯光照着他的两脚，一前一后的走。有时也遇到几只狗，可是一只也没有叫。天气比屋子里冷得多了；老栓倒觉爽快，仿佛一旦变了少年，得了神通，有给人生命的本领似的，跨步格外高远。而且路也愈走愈分明，天也愈走愈亮了。

老栓正在专心走路，忽然吃了一惊，远远里看见一条丁字街，明明白白横着。他便退了几步，寻到一家关着门的铺子，蹩进檐下，靠门立住了。好一会，身上觉得有些发冷。

"哼，老头子。"

"倒高兴……。"

老栓又吃一惊，睁眼看时，几个人从他面前过去了。一个还回头看他，样子不甚分明，但很像久饿的人见了食物一般，眼里闪出一种攫取的光。老栓看看灯笼，已经熄了。按一按衣袋，硬硬的还在。仰起头两面一望，只见许多古怪的人，三三两两，鬼似的在那里徘徊；定睛再看，却也看不出什么别的奇怪。

没有多久，又见几个兵，在那边走动；衣服前后的一个大白圆

"灯光照着他的两脚"（颜铁良 作）

"撮着一个鲜红的馒头"（颜铁良 作）

圈，远地里也看得清楚，走过面前的，并且看出号衣[1]上暗红色的镶边。——一阵脚步声响，一眨眼，已经拥过了一大簇人。那三三两两的人，也忽然合作一堆，潮一般向前赶；将到丁字街口，便突然立住，簇成一个半圆。

老栓也向那边看，却只见一堆人的后背；颈项都伸得很长，仿佛许多鸭，被无形的手捏住了的，向上提着。静了一会，似乎有点声音，便又动摇起来，轰的一声，都向后退；一直散到老栓立着的地方，几乎将他挤倒了。

"喂！一手交钱，一手交货！"一个浑身黑色的人，站在老栓面前，眼光正像两把刀，刺得老栓缩小了一半。那人一只大手，向他摊着；一只手却撮着一个鲜红的馒头[2]，那红的还是一点一点的往下滴。

老栓慌忙摸出洋钱，抖抖的想交给他，却又不敢去接他的东西。那人便焦急起来，嚷道，"怕什么！怎的不拿！"老栓还踌躇着；黑的人便抢过灯笼，一把扯下纸罩，裹了馒头，塞与老栓；一手抓过洋钱，捏一捏，转身去了。嘴里哼着说，"这老东西……。"

"这给谁治病的呀？"老栓也似乎听得有人问他，但他并不答应；他的精神，现在只在一个包上，仿佛抱着一个十世单传的婴儿，别的事情，都已置之度外了。他现在要将这包里的新的生命，移植到他家里，收获许多幸福。太阳也出来了；在他面前，显出一

1　号衣：清兵军衣，前后胸都缀有一块圆形白布，上有"兵"或"勇"字样。

2　鲜红的馒头，即蘸有人血的馒头。刽子手便以此敛财。

条大道，直到他家中，后面也照见丁字街头破匾上"古□亭口"这四个黯淡的金字。

二

老栓走到家，店面早经收拾干净，一排一排的茶桌，滑溜溜的发光。但是没有客人；只有小栓坐在里排的桌前吃饭，大粒的汗，从额上滚下，夹袄也帖住了脊心，两块肩胛骨高高凸出，印成一个阳文的"八"字。老栓见这样子，不免皱一皱展开的眉心。他的女人，从灶下急急走出，睁着眼睛，嘴唇有些发抖。

"得了么？"

"得了。"

两个人一齐走进灶下，商量了一会；华大妈便出去了，不多时，拿着一片老荷叶回来，摊在桌上。老栓也打开灯笼罩，用荷叶重新包了那红的馒头。小栓也吃完饭，他的母亲慌忙说：

"小栓——你坐着，不要到这里来。"

一面整顿了灶火，老栓便把一个碧绿的包，一个红红白白的破灯笼，一同塞在灶里；一阵红黑的火焰过去时，店屋里散满了一种奇怪的香味。

"好香！你们吃什么点心呀？"这是驼背五少爷到了。这人每天总在茶馆里过日，来得最早，去得最迟，此时恰恰蹩到临街的壁角的桌边，便坐下问话，然而没有人答应他。"炒米粥么？"仍然没有人应。老栓匆匆走出，给他泡上茶。

"小栓进来罢！"华大妈叫小栓进了里面的屋子，中间放好一条凳，小栓坐了。他的母亲端过一碟乌黑的圆东西，轻轻说：

"吃下去罢，——病便好了。"

小栓撮起这黑东西，看了一会，似乎拿着自己的性命一般，心里说不出的奇怪。十分小心的拗开了，焦皮里面窜出一道白气，白气散了，是两半个白面的馒头。——不多工夫，已经全在肚里了，却全忘了什么味；面前只剩下一张空盘。他的旁边，一面立着他的父亲，一面立着他的母亲，两人的眼光，都仿佛要在他身里注进什么又要取出什么似的；便禁不住心跳起来，按着胸膛，又是一阵咳嗽。

"睡一会罢，——便好了。"

小栓依他母亲的话，咳着睡了。华大妈候他喘气平静，才轻轻的给他盖上了满幅补钉的夹被。

三

店里坐着许多人，老栓也忙了，提着大铜壶，一趟一趟的给客人冲茶；两个眼眶，都围着一圈黑线。

"老栓，你有些不舒服么？——你生病么？"一个花白胡子的人说。

"没有。"

"'吃下去罢,——病便好了。'"
（颜铁良 作）

"整顿了灶火"（颜铁良 作）

"没有？——我想笑嘻嘻的，原也不像……"花白胡子便取消了自己的话。

"老栓只是忙。要是他的儿子……"驼背五少爷话还未完，突然闯进了一个满脸横肉的人，披一件玄色布衫，散着纽扣，用很宽的玄色腰带，胡乱捆在腰间。刚进门，便对老栓嚷道：

"吃了么？好了么？老栓，就是运气了你！你运气，要不是我信息灵……"

老栓一手提了茶壶，一手恭恭敬敬的垂着；笑嘻嘻的听。满座的人，也都恭恭敬敬的听。华大妈也黑着眼眶，笑嘻嘻的送出茶碗茶叶来，加上一个橄榄，老栓便去冲了水。

"这是包好！这是与众不同的。你想，趁热的拿来，趁热吃下。"横肉的人只是嚷。

"真的呢，要没有康大叔照顾，怎么会这样……"华大妈也很感激的谢他。

"包好，包好！这样的趁热吃下。这样的人血馒头，什么痨病都包好！"

华大妈听到"痨病"这两个字，变了一点脸色，似乎有些不高兴；但又立刻堆上笑，搭赸着走开了。这康大叔却没有觉察，仍然提高了喉咙只是嚷，嚷得里面睡着的小栓也合伙咳嗽起来。

"原来你家小栓碰到了这样的好运气了。这病自然一定全好；怪不得老栓整天的笑着呢。"花白胡子一面说，一面走到康大叔面前，低声下气的问道，"康大叔——听说今天结果的一个犯人，便是夏家的孩子，那是谁的孩子？究竟是什么事？"

"谁的？不就是夏四奶奶的儿子么？那个小家伙！"康大叔见众人都耸起耳朵听他，便格外高兴，横肉块块饱绽，越发大声说，"这小东西不要命，不要就是了。我可是这一回一点没有得到好处；连剥下来的衣服，都给管牢的红眼睛阿义拿去了。——第一要算我们栓叔运气；第二是夏三爷赏了二十五两雪白的银子，独自落腰包，一文不花。"[1]

小栓慢慢的从小屋子走出，两手按了胸口，不住的咳嗽；走到灶下，盛出一碗冷饭，泡上热水，坐下便吃。华大妈跟着他走，轻轻的问道，"小栓，你好些么？——你仍旧只是肚饿？……"

"包好，包好！"康大叔瞥了小栓一眼，仍然回过脸，对众人说，"夏三爷真是乖角儿，要是他不先告官，连他满门抄斩。现在怎样？银子！——这小东西也真不成东西！关在牢里，还要劝牢头造反。"

"阿呀，那还了得。"坐在后排的一个二十多岁的人，很现出气愤模样。

"你要晓得红眼睛阿义是去盘盘底细的，他却和他攀谈了。他说：这大清的天下是我们大家的。[2]你想：这是人话么？红眼睛原知道他家里只有一个老娘，可是没有料到他竟会那么穷，榨不出一点油水，已经气破肚皮了。他还要老虎头上搔痒，便给他两个嘴巴！"

1　这里说夏瑜本家出了一个告密者夏三爷，实际上鲁迅一个本家也差一点儿做了告密者——告鲁迅出洋留学期间剪了辫子。参见本书《头发的故事》。

2　鲁迅渐渐觉悟启蒙不但艰难，而且危险。他在《答有恒先生》中写道："我之得以偷生者，因为他们大多数不识字，不知道，并且我的话也无效力，如一箭之入大海。否则，几条杂感，就可以送命的。民众的罚恶之心，并不下于学者和军阀。"

"义哥是一手好拳棒，这两下，一定够他受用了。"壁角的驼背忽然高兴起来。

"他这贱骨头打不怕，还要说可怜可怜哩。"

花白胡子的人说，"打了这种东西，有什么可怜呢？"

康大叔显出看他不上的样子，冷笑着说，"你没有听清我的话；看他神气，是说阿义可怜哩！"

听着的人的眼光，忽然有些板滞；话也停顿了。小栓已经吃完饭，吃得满身流汗，头上都冒出蒸气来。[1]

"阿义可怜——疯话，简直是发了疯了。"花白胡子恍然大悟似的说。

"发了疯了。"二十多岁的人也恍然大悟的说。[2]

店里的坐客，便又现出活气，谈笑起来。小栓也趁着热闹，拼命咳嗽；康大叔走上前，拍他肩膀说：

"包好！小栓——你不要这么咳。包好！"

"疯了。"驼背五少爷点着头说。

1　病，在绍兴乡下又被称为损症，因为患者不但饭量大，而且总是吃得大汗直流。

2　孙伏园回忆："鲁迅先生和我说过，在西洋文艺中，也有和《药》相类的作品。例如俄国的安特莱夫，有一篇《齿痛》（原名 Ben Tobit），描写耶稣在各各他钉在十字架上的那一天，各各他附近有一个商人患着齿痛。他也和老栓和小栓们一样，觉得自己的疾病，比起一个革命者的冤死来，重要得多。"（《鲁迅先生二三事》）

四

西关外靠着城根的地面，本是一块官地；中间歪歪斜斜一条细路，是贪走便道的人，用鞋底造成的，但却成了自然的界限。路的左边，都埋着死刑和瘐毙的人，右边是穷人的丛冢。两面都已埋到层层叠叠，宛然阔人家里祝寿时候的馒头。

这一年的清明，分外寒冷；杨柳才吐出半粒米大的新芽。天明未久，华大妈已在右边的一坐新坟前面，排出四碟菜，一碗饭，哭了一场。化过纸[1]，呆呆的坐在地上；仿佛等候什么似的，但自己也说不出等候什么。微风起来，吹动他短发，确乎比去年白得多了。

小路上又来了一个女人，也是半白头发，褴褛的衣裙；提一个破旧的朱漆圆篮，外挂一串纸锭，三步一歇的走。忽然见华大妈坐在地上看他，便有些踌躇，惨白的脸上，现出些羞愧的颜色；但终于硬着头皮，走到左边的一坐坟前，放下了篮子。

那坟与小栓的坟，一字儿排着，中间只隔一条小路。华大妈看他排好四碟菜，一碗饭，立着哭了一通，化过纸锭；心里暗暗地想，"这坟里的也是儿子了。"那老女人徘徊观望了一回，忽然手脚有些发抖，跄跄踉踉退下几步，瞪着眼只是发怔。

华大妈见这样子，生怕他伤心到快要发狂了；便忍不住立起身，跨过小路，低声对他说，"你这位老奶奶不要伤心了，——我们还是回去罢。"

1　化过纸，纸指纸钱，旧俗认为把它火化后可供死者在"阴间"使用。下文说的纸锭，是用纸或锡箔折成的元宝。

那人点一点头，眼睛仍然向上瞪着；也低声吃吃的说道，"你看，——看这是什么呢？"

华大妈跟了他指头看去，眼光便到了前面的坟，这坟上草根还没有全合，露出一块一块的黄土，煞是难看。再往上仔细看时，却不觉也吃一惊；——分明有一圈红白的花，围着那尖圆的坟顶。

他们的眼睛都已老花多年了，但望这红白的花，却还能明白看见。花也不很多，圆圆的排成一个圆，不很精神，倒也整齐。华大妈忙看他儿子和别人的坟，却只有不怕冷的几点青白小花，零星开着；[1]便觉得心里忽然感到一种不足和空虚，不愿意根究。那老女人又走近几步，细看了一遍，自言自语的说，"这没有根，不像自己开的。——这地方有谁来呢？孩子不会来玩；——亲戚本家早不来了。——这是怎么一回事呢？"他想了又想，忽又流下泪来，大声说道：

"瑜儿，他们都冤枉了你，[2]你还是忘不了，伤心不过，今天特意显点灵，要我知道么？"他四面一看，只见一只乌鸦，站在一株没有叶的树上，便接着说，"我知道了。——瑜儿，可怜他们坑了你，他们将来总有报应，天都知道；你闭了眼睛就是了。——你如果真在这里，听到我的话，——便教这乌鸦飞上你的坟顶，给我看罢。"

微风早经停息了；枯草支支直立，有如铜丝。一丝发抖的声

1　孙伏园在《谈〈药〉》中认为："鲁迅先生虽然以为'用了曲笔'添上这花环，只是'因为那时的主将是不主张消极的'。我则以为有了花环还是很自然，愚昧的群众中往往有极少数比较清醒，各各他地方的耶稣十字架下还不是跪着一群人吗？"

2　夏瑜并不认为自己是冤枉的，所谓"求仁得仁，何怨乎？"

"红白的花"（颜铁良 作）

音，在空气中愈颤愈细，细到没有，周围便都是死一般静。两人站在枯草丛里，仰面看那乌鸦；那乌鸦也在笔直的树枝间，缩着头，铁铸一般站着。

许多的工夫过去了；上坟的人渐渐增多，几个老的小的，在土坟间出没。

华大妈不知怎的，似乎卸下了一挑重担，便想到要走；一面劝着说，"我们还是回去罢。"

那老女人叹一口气，无精打采的收起饭菜；又迟疑了一刻，终于慢慢地走了。嘴里自言自语的说，"这是怎么一回事呢？……"

他们走不上二三十步远，忽听得背后"哑——"的一声大叫；两个人都竦然的回过头，只见那乌鸦张开两翅，一挫身，直向着远处的天空，箭也似的飞去了。[1]

一九一九年四月。

1　鲁迅曾说，《药》的结尾"分明的留着安特莱夫（L. Andreev）式的阴冷"（《中国新文学大系·小说二集序》）。鲁迅在日本留学期间翻译过安特莱夫两篇小说，《谩》和《默》，他称赞安特莱夫："其文神秘幽深，自成一家。"（《杂识》）安特莱夫"初作《默》一篇，遂有名"。鲁迅1935年11月16日致萧军、萧红信谈论萧红《生死场》中的王婆形象："至于老王婆，我却不觉得怎么鬼气，这样的人物，南方的乡下也常有的。安特莱夫的小说，还要写得怕人，我那《药》的末一段，就有些他的影响，比王婆鬼气。"

本篇最初发表于1919年5月《新青年》第六卷第五号。

《药》由夏瑜和华小栓两个年轻人的死亡为线索平行展开，弥漫着一种阴冷与凄怆的气氛，隐喻了清末中国人可悲的生存状态。小说形式上像一出四幕剧，有很强的场景感。夏瑜隐喻清末女革命党人秋瑾。秋瑾和徐锡麟都是绍兴人。徐锡麟起义失败被杀害后不久，秋瑾也被清政府逮捕，于1907年7月15日在绍兴城内的古轩亭口就义。

《药》的题目是很干脆的一个字"药"，就是治病要吃的东西。其象征意义很丰富。夏瑜的血成为治痨病的特效药，华小栓是食用者，奇特的一味药和特殊的供需关系将两个家庭的命运紧紧联系在一起。

小说也承载着鲁迅本人的生命记忆，他在少年时期曾担负起为父抓药、寻药的职责，他的父亲同华小栓一样罹患那个时代无法治愈的肺病。在一些回忆文章中，鲁迅写到自己如何去完成这些任务，如本书序言中的"药店的柜台正和我一样高"，再如写医生要他去寻觅奇特的药引"冬天的芦根，经霜三年的甘蔗"，"原对的""蟋蟀"之类。

少年鲁迅在艰难的寻医问药过程中，"渐渐的悟得中医不过是一种有意的或无意的骗子，同时又很起了对于被骗的病人和他的家族的同情"。他对中医和中药的印象极其恶劣，堪称终生的创伤记忆。

鲁迅走上了另一条寻药之路，即以新文艺医治精神疾病，终生为此奔波和呐喊，启蒙民智，消除愚昧，促进国民自新。在这过程中，他早年关于父亲的病与药的记忆之痛也得以缓释。总之，个体家族关于病和药的不幸记忆促成了他的启蒙思想和科学思想的生成。

如果将本篇与《狂人日记》联系起来看，人血馒头能治痨病的迷信药方，也是"吃人"筵宴的一部分，只不过这个馒头不是一般的菜肴，而是所谓"药膳""食补"之类。

鲁迅早期受尼采影响，思想中有天才和超人意识。曾将"天才"（genius）翻译成"性解"。周作人有诗《天才》记述其事：

> 昔住本乡时，常闻索士语。(索士为鲁迅旧时别号，此篇所述，均系当时原意。)
>
> 极口颂天才，凡愚无足数。
>
> 未必是超人，文明有盟主。
>
> 俗世不相容，有怀不得吐。
>
> 有如鹄在笼，奄忽化黄土。
>
> 孰乃杀性解，应得大咒诅。(索士以天才一语不妥适，曾改

为性解。)

> 哲人自萎谢，孽根斯为巨。
>
> 自怀汝长城，灾祸还归汝。
>
> 忽忽四十年，人琴无处所。
>
> 酌酒湛空觞，劳劳亦何补。

迫害天才，讥笑超人，是庸众社会的惯常。鲁迅《摩罗诗力说》痛斥道："中国之治，理想在不撄，而意异于前说。有人撄人，或有人得撄者，为帝大禁，其意在保位，使子孙王千万世，无有底止，故性解(Genius)之出，必竭全力死之；有人撄我，或有能撄人者，为民大禁，其意在安生，宁蜷伏堕落而恶进取，故性解之出，亦必竭全力死之。"夏瑜就是被庸众社会全力迫害而死的。

夏瑜在狱中仍然宣传反清革命思想，可谓信念坚定。夏瑜造反，夏三爷告发他，得了二十五两赏银。另一个情节是狱中对话，启蒙的结果，是义哥给了夏瑜两个嘴巴。这段叙述让驼背五爷高兴起来："义哥是一手好拳棒，这两下，一定够他受用了。"茶馆中的一班闲谈客麻木不仁，将革命者视为仇敌，必欲喝其血食其肉，这并不是夸张，而是当时社会常态。戊戌变法失败后，清廷斩决六君子，沿路观看的人们不但不同情改革者，反而用砖头、瓦块砸向他们。

按照尼采派哲人的说法：庸众，只有庸众，才是阻挡历史发展的障碍。

茶馆虽然如此可恶，但作为一个人员聚集的场所是很有戏剧性的所在，在这篇小说中起到很大作用，中间两幕都在这里上演。茶客们的议论看起来更平常，但反复出现，就成了魔咒——这类议论有一个更其堂皇的称呼："舆论"。

小说的主旨——如果把小说看作一篇寓言故事的话，就是教训——在最后一幕坟地场景中显示出来："人血馒头"这味药，无效。

明天

"没有声音，—— 小东西怎了？"

红鼻子老拱[1]手里擎了一碗黄酒，说着，向间壁努一努嘴。蓝皮阿五便放下酒碗，在他脊梁上用死劲的打了一掌，含含糊糊嚷道：

"你……你你又在想心思……。"

原来鲁镇是僻静地方，还有些古风：不上一更，大家便都关门睡觉。深更半夜没有睡的只有两家：一家是咸亨酒店，几个酒肉朋友围着柜台，吃喝得正高兴；一家便是间壁的单四嫂子，他自从前年守了寡，便须专靠着自己的一双手纺出棉纱来，养活他自己和他三岁的儿子，所以睡的也迟。

这几天，确凿没有纺纱的声音了。但夜深没有睡的既然只有两家，这单四嫂子家有声音，便自然只有老拱们听到，没有声音，也只有老拱们听到。

老拱挨了打，仿佛很舒服似的喝了一大口酒，呜呜的唱起小曲来。

1　周作人认为，老拱的名含有猪猡的意思："鲁迅常说起北方老百姓的幽默，叫猪作'老拱'，很能抓住它的特色，想见咕咕的叫着用鼻子乱拱的神气。"(《人物》)

这时候，单四嫂子正抱着他的宝儿，坐在床沿上，纺车静静的立在地上。黑沉沉的灯光，照着宝儿的脸，绯红里带一点青。单四嫂子心里计算：神签也求过了，愿心也许过了，单方也吃过了，要是还不见效，怎么好？——那只有去诊何小仙[1]了。

但宝儿也许是日轻夜重，到了明天，太阳一出，热也会退，气喘也会平的：这实在是病人常有的事。

单四嫂子是一个粗笨女人，不明白这"但"字的可怕：许多坏事固然幸亏有了他才变好，许多好事却也因为有了他都弄糟。夏天夜短，老拱们呜呜的唱完了不多时，东方已经发白；不一会，窗缝里透进了银白色的曙光。

单四嫂子等候天明，却不像别人这样容易，觉得非常之慢，宝儿的一呼吸，几乎长过一年。现在居然明亮了；天的明亮，压倒了灯光，——看见宝儿的鼻翼，已经一放一收的扇动。[2]

单四嫂子知道不妙，暗暗叫一声"阿呀！"心里计算：怎么好？只有去诊何小仙这一条路了。他虽然是粗笨女人，心里却有决断，便站起身，从木柜子里掏出每天节省下来的十三个小银元和一百八十铜钱，都装在衣袋里，锁上门，抱着宝儿直向何家奔过去。

天气还早，何家已经坐着四个病人了。他摸出四角银元，买了

1　这里的医生叫何小仙，与鲁迅的父亲厌恶的医生何廉臣（《朝花夕拾》中称作陈莲河）有关系，而《狂人日记》的医生也姓何，可见鲁迅对这位何姓医生印象深刻。

2　这里没有指明宝儿患的是什么病，周作人推测可能是肺炎，并说小说如此"细细叙述，可能心里想念着六岁时因肺炎死亡的四弟，那是在光绪戊戌（一八九八年）的冬天，鲁迅进了南京学堂，适值告假回来在家里，看见那时的情形的。"（《人物》）

号签，第五个便轮到宝儿。何小仙伸开两个指头按脉，指甲足有四寸多长，单四嫂子暗地纳罕，心里计算：宝儿该有活命了。但总免不了着急，忍不住要问，便局局促促的说：

"先生，——我家的宝儿什么病呀？"

"他中焦塞着[1]。"

"不妨事么？他……"

"先去吃两帖。"

"他喘不过气来，鼻翅子都扇着呢。"

"这是火克金[2]……"

何小仙说了半句话，便闭上眼睛；单四嫂子也不好意思再问。在何小仙对面坐着的一个三十多岁的人，此时已经开好一张药方，指着纸角上的几个字说道：

"这第一味保婴活命丸，须是贾家济世老店才有！"[3]

单四嫂子接过药方，一面走，一面想。他虽是粗笨女人，却知道何家与济世老店与自己的家，正是一个三角点；自然是买了药回去便宜了。于是又径向济世老店奔过去。店伙也翘了长指甲慢慢的看方，慢慢的包药。单四嫂子抱了宝儿等着；宝儿忽然擎起小手

1　　中焦塞着：中医用语，指消化不良一类的病症。中医学以胃的上口至咽喉，包括心、肺、食管等为上焦；脾、胃为中焦；肾、大小肠和膀胱为下焦。

2　　火克金：中医用语。中医学用古代五行相生相克的说法来解释病理，认为心、肺、肝、脾、肾五脏与火、金、木、土、水五行相应。火克金，是说"心火"克制了"肺金"，引起了呼吸系统的疾病。

3　　周作人认为这里有事实根据。鲁迅父亲患病时医生指定某一种药丸，鲁迅受命到天保堂药店去买。(《人物》)鲁迅《父亲的病》中约略提及："这一种神药，全城中只有一家出售的，离我家就有五里……"这是医生与药店串通欺骗病家的一种手段。

来，用力拔他散乱着的一绺头发，这是从来没有的举动，单四嫂子怕得发怔。

太阳早出了。单四嫂子抱了孩子，带着药包，越走觉得越重；孩子又不住的挣扎，路也觉得越长。没奈何坐在路旁一家公馆的门槛上，休息了一会，衣服渐渐的冰着肌肤，才知道自己出了一身汗；宝儿却仿佛睡着了。他再起来慢慢地走，仍然支撑不得，耳朵边忽然听得人说：

"单四嫂子，我替你抱勃罗！"似乎是蓝皮阿五的声音。

他抬头看时，正是蓝皮阿五，睡眼朦胧的跟着他走。

单四嫂子在这时候，虽然很希望降下一员天将，助他一臂之力，却不愿是阿五。但阿五有点侠气，无论如何，总是偏要帮忙，所以推让了一会，终于得了许可了。他便伸开臂膊，从单四嫂子的乳房和孩子中间，直伸下去，抱去了孩子。单四嫂子便觉乳房上发了一条热，刹时间直热到脸上和耳根。

他们两人离开了二尺五寸多地，一同走着。阿五说些话，单四嫂子却大半没有答。走了不多时候，阿五又将孩子还给他，说是昨天与朋友约定的吃饭时候到了；单四嫂子便接了孩子。幸而不远便是家，早看见对门的王九妈在街边坐着，远远地说话：

"单四嫂子，孩子怎了？——看过先生了么？"

"看是看了。——王九妈，你有年纪，见的多，不如请你老法眼[1]看一看，怎样……"

1　法眼，佛家语，原指菩萨洞察一切的智慧，这里是称许对方有鉴别力。

"唔……"

"怎样……？"

"唔……"王九妈端详了一番，把头点了两点，摇了两摇。

宝儿吃下药，已经是午后了。单四嫂子留心看他神情，似乎仿佛平稳了不少；到得下午，忽然睁开眼叫一声"妈！"又仍然合上眼，像是睡去了。他睡了一刻，额上鼻尖都沁出一粒一粒的汗珠，单四嫂子轻轻一摸，胶水般粘着手；慌忙去摸胸口，便禁不住呜咽起来。

宝儿的呼吸从平稳变到没有，单四嫂子的声音也就从呜咽变成号啕。这时聚集了几堆人：门内是王九妈蓝皮阿五之类，门外是咸亨的掌柜和红鼻子老拱之类。王九妈便发命令，烧了一串纸钱；又将两条板凳和五件衣服作抵，替单四嫂子借了两块洋钱，给帮忙的人备饭。

第一个问题是棺木。单四嫂子还有一副银耳环和一支裹金的银簪，都交给了咸亨的掌柜，托他作一个保，半现半赊的买一具棺木。[1]蓝皮阿五也伸出手来，很愿意自告奋勇；王九妈却不许他，只准他明天抬棺材的差使，阿五骂了一声"老畜生"，快快的努了嘴站着。掌柜便自去了；晚上回来，说棺木须得现做，后半夜才成功。

掌柜回来的时候，帮忙的人早吃过饭；因为鲁镇还有些古风，所以不上一更，便都回家睡觉了。只有阿五还靠着咸亨的柜台喝酒，

1　周作人在《人物》中指出此处鲁迅为写小说而对事实有所改变："宝儿的丧事，如照事实来讲，不可能有那么的排场。宝儿死时说是三岁，照乡下通例，是不算怎么一回事的。"

老拱也呜呜的唱。[1]

这时候，单四嫂子坐在床沿上哭着，宝儿在床上躺着，纺车静静的在地上立着。许多工夫，单四嫂子的眼泪宣告完结了，眼睛张得很大，看看四面的情形，觉得奇怪：所有的都是不会有的事。他心里计算：不过是梦罢了，这些事都是梦。明天醒过来，自己好好的睡在床上，宝儿也好好的睡在自己身边。他也醒过来，叫一声"妈"，生龙活虎似的跳去玩了。

老拱的歌声早经寂静，咸亨也熄了灯。单四嫂子张着眼，总不信所有的事。——鸡也叫了；东方渐渐发白，窗缝里透进了银白色的曙光。

银白的曙光又渐渐显出绯红，太阳光接着照到屋脊。单四嫂子张着眼，呆呆坐着；听得打门声音，才吃了一吓，跑出去开门。门外一个不认识的人，背了一件东西；后面站着王九妈。

哦，他们背了棺材来了。

下半天，棺木才合上盖：因为单四嫂子哭一回，看一回，总不肯死心塌地的盖上；幸亏王九妈等得不耐烦，气愤愤的跑上前，一把拖开他，才七手八脚的盖上了。

但单四嫂子待他的宝儿，实在已经尽了心，再没有什么缺陷。

1　"虽然说是夏天夜短，但酒店开到东方发白，也不是事实所有的，茶坊酒肆夜里关门晚，也总不到夜半吧。"（《人物》）

昨天烧过一串纸钱，上午又烧了四十九卷《大悲咒》[1]；收敛的时候，给他穿上顶新的衣裳，平日喜欢的玩意儿，——一个泥人，两个小木碗，两个玻璃瓶，——都放在枕头旁边。[2]

后来王九妈掐着指头仔细推敲，也终于想不出一些什么缺陷。

这一日里，蓝皮阿五简直整天没有到；咸亨掌柜便替单四嫂子雇了两名脚夫，每名二百另十个大钱，抬棺木到义冢地上安放。王九妈又帮他煮了饭，凡是动过手开过口的人都吃了饭。太阳渐渐显出要落山的颜色；吃过饭的人也不觉都显出要回家的颜色，——于是他们终于都回了家。

单四嫂子很觉得头眩，歇息了一会，倒居然有点平稳了。但他接连着便觉得很异样：遇到了平生没有遇到过的事，不像会有的事，然而的确出现了。他越想越奇，又感到一件异样的事——这屋子忽然太静了。

他站起身，点上灯火，屋子越显得静。他昏昏的走去关上门，回来坐在床沿上，纺车静静的立在地上。[3]他定一定神，四面一看，更觉得坐立不得，屋子不但太静，而且也太大了，东西也太空了。太大的屋子四面包围着他，太空的东西四面压着他，叫他喘气不得。

1　《大悲咒》，即佛教《观世音菩萨大悲心陀罗尼经》中的咒文。民间认为给死者念诵或烧化这种咒文，可以使他在"阴间"消除灾难，往生"乐土"。

2　这个情节可能以鲁迅的四弟椿寿入殓为素材。椿寿六岁夭折时，鲁迅正好自南京放假回乡，操办丧事。当举家迁往北京时，鲁迅主持迁坟的情节写入小说《在酒楼上》。

3　"纺车静静的立在地上"这一描写出现了三次。批评者指出："这样的描写，我们并不觉得重复的讨厌，而且反觉得我们的作者艺术手腕的高妙。"（杨邨人《读鲁迅的〈呐喊〉》）

"太大的屋子四面包围着他"（颜铁良 作）

他现在知道他的宝儿确乎死了；不愿意见这屋子，吹熄了灯，躺着。他一面哭，一面想：想那时候，自己纺着棉纱，宝儿坐在身边吃茴香豆，瞪着一双小黑眼睛想了一刻，便说，"妈！爹卖馄饨，我大了也卖馄饨，卖许多许多钱，——我都给你。"那时候，真是连纺出的棉纱，也仿佛寸寸都有意思，寸寸都活着。但现在怎么了？现在的事，单四嫂子却实在没有想到什么。——我早经说过：他是粗笨女人。他能想出什么呢？他单觉得这屋子太静，太大，太空罢了。

但单四嫂子虽然粗笨，却知道还魂是不能有的事，他的宝儿也的确不能再见了。叹一口气，自言自语的说，"宝儿，你该还在这里，你给我梦里见见罢。"于是合上眼，想赶快睡去，会他的宝儿，苦苦的呼吸通过了静和大和空虚，自己听得明白。

单四嫂子终于朦朦胧胧的走入睡乡，全屋子都很静。这时红鼻子老拱的小曲，也早经唱完；跄跄踉踉出了咸亨，却又提尖了喉咙，唱道：

"我的冤家呀！——可怜你，——孤另另的……"

蓝皮阿五便伸手揪住了老拱的肩头，两个人七歪八斜的笑着挤着走去。

单四嫂子早睡着了，老拱们也走了，咸亨也关上门了。这时的鲁镇，便完全落在寂静里。只有那暗夜为想变成明天，却仍在这寂静里奔波；另有几条狗，也躲在暗地里呜呜的叫。

一九二○年六月。

71

本篇在成书时标注写于1920年6月，实际上写于1919年7、8月间。

周作人在《鲁迅小说里的人物》中说鲁迅写作本篇"可能心里想念着六岁时因肺炎死亡的四弟"。旧时代因为医疗条件差，早夭的儿童很多，鲁迅本来还有一个妹妹，因出天花早夭。本篇小说中宝儿的夭折应是集合了早逝的弟妹的影子。

鲁迅多篇文章中有关于疾病的描写。《狂人日记》《药》和本篇都是。此外，还有《父亲的病》《弟兄》《"这也是生活"……》《死》《病后杂谈》等涉及自己或他人的疾病。总体上说，他对中医表达了不满，笔下的描写有漫画化倾向，《父亲的病》中那几位名医被写成傲慢、诡诈、怪异的人，故弄玄虚。而实际上，医即是儒，在地方上是有学问的人。鲁迅对他们如此不客气，有人认为这是因为他们没有医好父亲的病。

旧的医学不行，依靠新的医学。新的医学好在哪里？这问题不是很好回答，批评新医学的人有一句现成话："西医也有治不好的病"，的确，西医对鲁迅父亲的病也难说就能妙手回春。

专制皇权体制下的社会阻碍科学发展。在《藤野先生》中，鲁迅写藤野第一次上课的情景道："他接着便讲述解剖学在日本发达的历史，那些大大小小的书，便是从最初到现今关于这一门学问的著作。起初有几本是线装的；还有翻刻中国译本的，他们的翻译和研究新的医学，并不比中国早。"可惜的是，因为种种原因，中国医学的发展缓慢，反而落后于日本，以致鲁迅不远千里到日本一个偏僻的小镇求学。

迷信阻碍科学发展。鲁迅在《论照相之类》中写到民间偏方："月经精液可以延年，毛发爪甲可以补血，大小便可以医许多病，臂膊上的肉可以养亲。"

用什么建设美好"明天"？答案是"科学"。而医学是近代科学的基础，鲁迅由于不满中医，而发愿学习西医，成为近代西洋科学精神的信徒。他厌恶中医，在文字中不断批判，正是他传播科学精神的一种手段。

一件小事

我从乡下跑到京城里，一转眼已经六年了。其间耳闻目睹的所谓国家大事，算起来也很不少；但在我心里，都不留什么痕迹，倘要我寻出这些事的影响来说，便只是增长了我的坏脾气，——老实说，便是教我一天比一天的看不起人。

但有一件小事，却于我有意义，将我从坏脾气里拖开，使我至今忘记不得。

这是民国六年的冬天，大北风刮得正猛，我因为生计关系，不得不一早在路上走。一路几乎遇不见人，好容易才雇定了一辆人力车，[1]

---

1 鲁迅上下班来往于绍兴会馆和教育部，还时不时去琉璃厂、小市购买书籍和金石拓片，拜访和约会朋友，后来有了兼职，要到各校讲课，没有车是很不方便的。初到京时采用零雇的方式，但会有需要的时候找不到车如本文记述的情况。日记中还多次出现下班或聚会结束后"步归"的记载。因此，经济宽裕时鲁迅就改坐包月车了。1915年5月2日日记载："车夫衣敝，与一元。"自己出钱让车夫添置衣服；1916年5月17日："下午自部归，券夹落车中，车夫以还，与之一元。"车夫拾金不昧，鲁迅表示感谢。但也有偶发事故，如月前，1912年8月7日，"午归寓，途中车仆堕地，左手右膝微伤"。鲁迅自己在事故中也受过伤，如1923年3月25日，星期天加班，"黎明往孔庙执事，归途坠车，落二齿"。

教他拉到S门[1]去。不一会，北风小了，路上浮尘早已刮净，剩下一条洁白的大道来，车夫也跑得更快。刚近S门，忽而车把上带着一个人，慢慢地倒了。

跌倒的是一个女人，花白头发，衣服都很破烂。伊从马路边上突然向车前横截过来；车夫已经让开道，但伊的破棉背心没有上扣，微风吹着，向外展开，所以终于兜着车把。幸而车夫早有点停步，否则伊定要栽一个大筋斗，跌到头破血出了。

伊伏在地上；车夫便也立住脚。我料定这老女人并没有伤，又没有别人看见，便很怪他多事，要自己惹出是非，也误了我的路。

我便对他说，"没有什么的。走你的罢！"

车夫毫不理会，——或者并没有听到，——却放下车子，扶那老女人慢慢起来，搀着臂膊立定，问伊说：

"您怎么啦？"

"我摔坏了。"

我想，我眼见你慢慢倒地，怎么会摔坏呢，装腔作势罢了，这真可憎恶。车夫多事，也正是自讨苦吃，现在你自己想法去。

车夫听了这老女人的话，却毫不踌躇，仍然搀着伊的臂膊，便一步一步的向前走。我有些诧异，忙看前面，是一所巡警分驻所，大风之后，外面也不见人。这车夫扶着那老女人，便正是向那大门走去。

我这时突然感到一种异样的感觉，觉得他满身灰尘的后影，刹时高大了，而且愈走愈大，须仰视才见。而且他对于我，渐渐的又

1　鲁迅住在宣武门外南半截胡同的绍兴会馆，到教育部上班，需要进出宣武门。宣武门一带马路开阔，冬天刮北风，向北迎风前进，更觉寒冷。

几乎变成一种威压，甚而至于要榨出皮袍下面藏着的"小"来。

我的活力这时大约有些凝滞了，坐着没有动，也没有想，直到看见分驻所里走出一个巡警，才下了车。

巡警走近我说，"你自己雇车罢，他不能拉你了。"

我没有思索的从外套袋里抓出一大把铜元，交给巡警，说，"请你给他……"

风全住了，路上还很静。我走着，一面想，几乎怕敢想到我自己。以前的事姑且搁起，这一大把铜元又是什么意思？奖他么？我还能裁判车夫么？我不能回答自己。

这事到了现在，还是时时记起。我因此也时时熬了苦痛，努力的要想到我自己。几年来的文治武力，在我早如幼小时候所读过的"子曰诗云"一般，背不上半句了。独有这一件小事，却总是浮在我眼前，有时反更分明，教我惭愧，催我自新，并且增长我的勇气和希望。

一九二〇年七月。

本篇在《呐喊》初版本中标注1920年7月作，实际上写于1919年11月下旬。

《一件小事》写的是劳动者。鲁迅写作这篇纪事小品时，国际国内大背景很有社会主义和国际主义氛围。在第一次世界大战之后的几年里，中国的劳工因在战争中为国家挣得荣誉而广受赞扬，加上俄国劳动人民夺取了政权，让社会舆论对劳工社会充满了期待。在天安门前举行的大会上，蔡元培演说时高呼"劳工神圣"的口号，李大钊发表文章题目是《庶民的胜利》。总之，中国当时沉浸在平民社会理想中，知识分子反省自己的养尊处优的生活状态，决心向平民看齐，青年人勤工俭学，自力更生。

黄包车夫是体力劳动者，起早贪黑，在大街上顶着刮风下雨，岂止如此，"心忧炭贱愿天寒"，他们最担心的是没有客人，挣不到份钱，难以养家糊口。当时的教师和下层官员出门要乘坐黄包车。如此每天见面，知识阶级对他们的了解多起来，笔下就常常出现他们的形象。

胡适、沈尹默、周作人都写过黄包车夫。沈尹默的《人力车夫》（1918）写道：

日光淡淡，白云悠悠，风吹薄冰，河水不流。

出门去，雇人力车。街上行人，往来很多；车马纷纷，不知干些什么？

人力车上人，个个穿棉衣，个个袖手坐，还觉风吹来，身上冷不过。

车夫单衣已破，他却汗珠儿颗颗往下堕。

胡适的同题诗：

警察法令，十八岁以下，五十岁以上，皆不得为人力车夫。

"车子！车子！"车来如飞。

客看车夫，忽然中心酸悲。

客问车夫："你今年几岁？拉车拉了多少时？"

车夫答客："今年十六，拉过三年车了，你老别多疑。"

客告车夫："你年纪太小，我不坐你车。我坐你车，我心惨凄。"

车夫告客："我半日没有生意，我又寒又饥。

你老的好心肠，饱不了我的饿肚皮，

我年纪小拉车，警察还不管，你老又是谁？"……

这是现代白居易遇到的两难处境。

胡适从美国留学回来，亲身感受过美国的地方选举，对普通民众参与政治的程度有较为细密的观察。他对中国劳动者受到的不公正待遇有所不满。周作人对平民社会组织做过研究，到过日本的新村，密切关注这场具有社会主义性质的平民互助合作试验，并在中国大力提倡，对当时蓬勃开展的勤工俭学、工读互助运动有所启发和引导。但周作人写车夫，不是写车夫本人，而是写在车上看到的世相，如《两个扫雪的人》。

知识阶层同情劳动人民，心一软，就引发要打破"一般社会"律法和规矩的幻想，有了所谓理想的冲动。胡适同情车夫的处境，但如果同情而至于不坐车，反而会影响了车夫的生意。他的意见，诗中有所表现，后来更发表了中国存在人力车夫是不文明的观点。周作人在《人力车与斩决》中批评过胡适的言论：

> 胡适之先生在上海演说，说中国还容忍人力车所以不能算是文明国。胡先生的演说连《顺天时报》的日本人都佩服了，其不错盖无疑了，但我怀疑，人力车真是这样地野蛮，不文明么？工业的血汗榨取，肉眼看不出，也就算了；卖淫，似乎也不比拉人力车文明罢，大家却都容许，甚至不容许人力车的文明国还特别容许这种事业，这是怎的？常见北京报载妇人因贫拉洋车，附以慨叹，但对于妇女去卖淫并不觉得诧异，在替敝国维持礼教的日本《顺天时报》第五版上还天天登着什么"倾国倾城多情多义之红喜"等文字，可见卖淫又是与圣道相

合——不，至少是不相冲突了。这一点可真叫人糊涂住了，我希望胡先生能够赐以解决。

鲁迅与车夫的关系也是很密切的——他日常的交通方式就是坐黄包车。本篇写车夫，除了一般的同情，还有了反转——车夫高于乘客。毫无疑问，车夫中自有品德高尚者。鲁迅不但从理论上认知，而且有亲身经历：他的车夫拾金不昧，将他落在车上的钱包还给他。他将一个"小"字给怀疑者"我"——心胸狭窄，总是怀疑他人的动机。

如果据此贬低知识者，是片面的、狭隘的，如果因为这"一件小事"而形成一种思维定式，以偏概全地要改造知识阶级，就显得偏执，因为没有考虑到人性的复杂。不妨看看老舍的《骆驼祥子》，里面有更全面的展示。劳动者之间会互相戕害，他们身上带着的受压迫的伤痕，因长期接受精神奴役而形成思维定式。

劳动者和知识人到底谁更干净、最干净？概念既难区分，标准也很难确定，不能笼统地用国民性、地域性和阶级性等概念来套用。遇见车夫就歌颂，看到西装革履的人就愤愤地骂为假洋鬼子、西崽、买办等，是一种狭隘的表现。

头发的故事

　　星期日的早晨，我揭去一张隔夜的日历，向着新的那一张上看了又看的说：

　　"阿，十月十日，——今天原来正是双十节。这里却一点没有记载！"

　　我的一位前辈先生N[1]，正走到我的寓里来谈闲天，一听这话，便很不高兴的对我说：

　　"他们对！他们不记得，你怎样他；你记得，又怎样呢？"

　　这位N先生本来脾气有点乖张，时常生些无谓的气，说些不通世故的话。当这时候，我大抵任他自言自语，不赞一辞；他独自发完议论，也就算了。

1　N先生究竟是谁？鲁迅未曾指明，只好猜测。周作人说："前辈先生N……最初要猜想那是乡先辈夏穗卿，他在清末著有《中国古代史》（原来的名字只是《中国历史教科书》），很有点新意见，在教育部任社会教育司长，是鲁迅的上司，也是他所佩服的前辈之一人。他在以前也是'新党'，但民初看袁世凯的政治很是灰心，专门喝酒，有人劝他节制，怕于身体不好。他总用杭州话问答说：我要喝，夹（怎样）呢？本文中……N先生……这话说得有点相像，大概著者也是有意来写他的口气的……后边所讲的故事便不再是夏先生的了。〔也许就成了钱玄同〕"（《人物》）

他说：

"我最佩服北京双十节的情形。早晨，警察到门，吩咐道'挂旗！''是，挂旗！'各家大半懒洋洋的踱出一个国民来，撅起一块斑驳陆离的洋布[1]。这样一直到夜，——收了旗关门；几家偶然忘却的，便挂到第二天的上午。

"他们忘却了纪念，纪念也忘却了他们！

"我也是忘却了纪念的一个人。倘使纪念起来，那第一个双十节前后的事，便都上我的心头，使我坐立不稳了。

"多少故人的脸，都浮在我眼前。几个少年辛苦奔走了十多年，暗地里一颗弹丸要了他的性命；几个少年一击不中，在监牢里身受一个多月的苦刑；几个少年怀着远志，忽然踪影全无，连尸首也不知那里去了。——

"他们都在社会的冷笑恶骂迫害倾陷里过了一生；现在他们的坟墓也早在忘却里渐渐平塌下去了。

"我不堪纪念这些事。

"我们还是记起一点得意的事来谈谈罢。"

N忽然现出笑容，伸手在自己头上一摸，高声说：

"我最得意的是自从第一个双十节以后，我在路上走，不再被人笑骂了。

"老兄，你可知道头发是我们中国人的宝贝和冤家，古今来多少人在这上头吃些毫无价值的苦呵！

---

1 斑驳陆离的洋布：辛亥革命后至1927年中国国旗也叫五色旗（红黄蓝白黑五色横列）。"撅"，翘起，用棍子挑起，斜挂在门框上，而非竖立。

鲁迅断发照，摄于1903年。鲁迅在弘文学院江南班第一个剪去象征民族压迫的辫子，拍照留念，并作七绝一首——灵台无计逃神矢，风雨如磐阅故园。寄意寒星荃不察，我以我血荐轩辕。

鲁迅在断发照片上写下这首诗，三十年后重录赠友人

"我们的很古的古人，对于头发似乎也还看轻。据刑法看来，最要紧的自然是脑袋，所以大辟是上刑；次要便是生殖器了，所以宫刑和幽闭也是一件吓人的罚；至于髡，那是微乎其微了，[1]然而推想起来，正不知道曾有多少人们因为光着头皮便被社会践踏了一生世。

　　"我们讲革命的时候，大谈什么扬州十日，嘉定屠城[2]，其实也不过一种手段；老实说：那时中国人的反抗，何尝因为亡国，只是因为拖辫子[3]。

　　"顽民杀尽了，遗老都寿终了，辫子早留定了，洪杨[4]又闹起来了。我的祖母曾对我说，那时做百姓才难哩，全留着头发的被官兵杀，还是辫子的便被长毛杀！

　　"我不知道有多少中国人只因为这不痛不痒的头发而吃苦，受难，灭亡。"

　　N两眼望着屋梁，似乎想些事，仍然说：

　　"谁知道头发的苦轮到我了。

　　"我出去留学，便剪掉了辫子，这并没有别的奥妙，只为他太不便当罢了。不料有几位辫子盘在头顶上的同学们便很厌恶我；监督也大怒，说要停了我的官费，送回中国去。

1　髡刑即"去发"，是一种刑罚，隋、唐以后废止。

2　清顺治二年（1645）清军攻破扬州和嘉定后对当地人民的大屠杀。

3　拖辫子：满族旧俗，男子剃发垂辫。1644年清世祖进入北京以后，几次下令强迫人民剃成满族发式，这一措施曾引起汉族人民的强烈反抗。

4　洪杨：洪，指洪秀全（1814—1864）；杨，指杨秀清（1820？—1856），太平天国领袖。他们领导的起义军都留发而不结辫，被称为"长毛"。

"不几天，这位监督却自己被人剪去辫子逃走了。去剪的人们里面，一个便是做《革命军》的邹容，这人也因此不能再留学，回到上海来，后来死在西牢里。你也早已忘却了罢？

"过了几年，我的家景大不如前了，非谋点事做便要受饿，只得也回到中国来。我一到上海，便买定一条假辫子，那时是二元的市价，带着回家。[1]我的母亲倒也不说什么，然而旁人一见面，便都首先研究这辫子，待到知道是假，就一声冷笑，将我拟为杀头的罪名；有一位本家，还预备去告官，但后来因为恐怕革命党的造反或者要成功，这才中止了。

"我想，假的不如真的直截爽快，我便索性废了假辫子，穿着西装在街上走。

"一路走去，一路便是笑骂的声音，有的还跟在后面骂：'这冒失鬼！''假洋鬼子！'

"我于是不穿洋服了，改了大衫[2]，他们骂得更利害。

"在这日暮途穷的时候，我的手里才添出一支手杖来，拼命的打

1　鲁迅本人确曾戴过假辫子。据周作人回忆："鲁迅于癸卯（一九〇三年）秋回家一趟，那时就在上海买了一条假辫，戴时如不注意，歪了容易露出破绽，而且这一圈小辫扎紧在头顶，好像是孙行者的紧箍一样，大概也很不舒服。"（《人物》）

2　鲁迅在《洋服的没落》中说："几十年来，我们常常恨着自己没有合意的衣服穿。清朝末年，带些革命色彩的英雄不但恨辫子，也恨马褂和袍子，因为这是满洲服。一位老先生到日本去游历，看见那边的服装，高兴的了不得，做了一篇文章登在杂志上，叫作《不图今日重见汉官仪》。他是赞成恢复古装的。然而革命之后，采用的却是洋装，这是因为大家要维新，要便捷，要腰骨笔挺。少年英俊之徒，不但自己必洋装，还厌恶别人穿袍子。"服装的改革与辫子的去留同样艰难。鲁迅本人也做过努力。据许寿裳在《亡友鲁迅印象记》中回忆：鲁迅在绍兴任教期间"新置了一件外套，形式很像现今的中山装，这是他个人独出心裁，叫西服裁缝做成的"，还留下了照片，但也就穿了一次去日本，在中国，这衣服也是行不通的吧。

了几回，他们渐渐的不骂了。只是走到没有打过的生地方还是骂。

"这件事很使我悲哀，至今还时时记得哩。我在留学的时候，曾经看见日报上登载一个游历南洋和中国的本多博士的事；这位博士是不懂中国和马来语的，人问他，你不懂话，怎么走路呢？他拿起手杖来说，这便是他们的话，他们都懂！我因此气愤了好几天，谁知道我竟不知不觉的自己也做了，而且那些人都懂了。……[1]

"宣统初年，我在本地的中学校做监学[2]，同事是避之惟恐不远，官僚是防之惟恐不严，我终日如坐在冰窖子里，如站在刑场旁边，其实并非别的，只因为缺少了一条辫子！

"有一日，几个学生忽然走到我的房里来，说，'先生，我们要剪辫子了。'我说，'不行！''有辫子好呢，没有辫子好呢？''没有辫子好……''你怎么说不行呢？''犯不上，你们还是不剪上算，——等一等罢。'他们不说什么，撅着嘴唇走出房去；然而终于剪掉了。

"呵！不得了了，人言啧啧了；我却只装作不知道，一任他们光着头皮，和许多辫子一齐上讲堂。

"然而这剪辫病传染了；第三天，师范学堂的学生忽然也剪下了六条辫子，晚上便开除了六个学生。这六个人，留校不能，回

1　周作人指出："故事里N先生说，拿着一枝手杖，打那嘲骂的人，他们才渐渐的不骂了，这并不是事实，不过是另外有事实的根据的。本文中所说的本多博士即是林学博士本多静六，他到南洋和中国游历，有人问他：你不懂话，怎么走路呢。他拿起手杖来道：这便是他们的话，他们都懂。鲁迅在报上见到这话，时常提起来说，这里也拿来作材料，对于帝国主义的学者表示愤怒，也对于被这样说的国人表示悲哀。"（《人物》）。

2　监学：清末学校中负责管理学生的职员，一般也兼教学工作。

家不得，一直挨到第一个双十节之后又一个多月，才消去了犯罪的火烙印。

"我呢？也一样，只是元年冬天到北京，还被人骂过几次，后来骂我的人也被警察剪去了辫子，我就不再被人辱骂了；但我没有到乡间去。"

N显出非常得意模样，忽而又沉下脸来：

"现在你们这些理想家，又在那里嚷什么女子剪发了，又要造出许多毫无所得而痛苦的人！[1]

"现在不是已经有剪掉头发的女人，因此考不进学校去，或者被学校除了名么？

"改革么，武器在那里？工读么，工厂在那里？

"仍然留起，嫁给人家做媳妇去：忘却了一切还是幸福，倘使伊记着些平等自由的话，便要苦痛一生世！

"我要借了阿尔志跋绥夫[2]的话问你们：你们将黄金时代的出现豫约给这些人们的子孙了，但有什么给这些人们自己呢？

"阿，造物的皮鞭没有到中国的脊梁上时，中国便永远是这一样的中国，决不肯自己改变一支毫毛！

"你们的嘴里既然并无毒牙，何以偏要在额上帖起'蝮蛇'两

1　整顿风纪、清除污染，此类运动常常一刀切、一阵风地影响社会，造成伤害和苦痛："军政官商的反对倒也罢了，那身为校长教员的太太小姐们尤其特别起劲。'剪掉头发的女人，因此考不进学校去，或者被学校除了名'，这些都是实在的事情。……鲁迅在这里很替那些因了头发而吃苦受难的女子不平，也可惜她们无谓的牺牲。"（《人物》）

2　阿尔志跋绥夫：俄国小说家。这里所引的话，见他的中篇小说《工人绥惠略夫》（鲁迅译）第九节，绥惠略夫对亚拉借夫说："你们将黄金时代，预约给他们的后人，但你们却别有什么给这些人们呢？……你们……将来的人间界的预言者，……当得诅咒哩！"

个大字，引乞丐来打杀？……"

N愈说愈离奇了，但一见到我不很愿听的神情，便立刻闭了口，站起来取帽子。

我说，"回去么？"

他答道，"是的，天要下雨了。"

我默默的送他到门口。

他戴上帽子说：

"再见！请你恕我打搅，好在明天便不是双十节，我们统可以忘却了。"

一九二〇年十月。

本篇最初发表于1920年10月10日上海《时事新报·学灯》。出版时,《呐喊》初版标注作于1920年10月。实际上写于1920年9月底。

一条辫子贯穿清朝二百多年历史,甚至生长到民国初年。

辫子成了鲁迅的一大心结。对辫子的思索,贯穿了鲁迅一生。小说的人物只有两位,"我"和"前辈先生N"。两人寓中交谈,几乎全是"前辈先生N"的议论和感慨,其中提到他出国留学时,毅然剪掉了辫子。回国后为了谋生,在本地的中学做监学,因为没有辫子,为周围的人们所不容,只好戴上一条假辫子,仍不被人们接受,只好又放弃假辫子,改穿西装,但又被骂为"冒失鬼""假洋鬼子",而且他的几个学生因剪去辫子被开除。总之,没有辫子的人成了异类。——这些也是鲁迅的真实经历,借N先生之口讲出。

"前辈先生N"提到的"剪掉头发的女人,因此考不进学校去,或者被学校除了名"的事,也是鲁迅自己的见闻。"我"借"前辈先生N"之口说出令人惊悚的话:"造物的皮鞭没有到中国的脊梁上时，中国便永远是这一样的中国，决不肯自己改变一支毫毛！"

社会学、人类学的著作中记录了世界上很多地方的"发俗"：土人编发奇形怪状，有的民族让自己的头发长得拖到地面，有的则花很多的精力来修饰。达尔文引述过，北美的乌鸦部落，头发最长的达十英尺七英寸，因而被选为酋长。有些民族将截发视为重罚，中国古代也有：曹操行军途中犯错误，就对自己施了"髡刑"。身体发肤受之父母，中国先民是视之为神圣不可侵犯的。

鲁迅的学生没有听从劝告，剪掉了辫子，也颇受了一些苦楚：

> 无辫子之苦也是难受的。我把辫子剪下后也背过包袱。开始时受到乡下的指摘和母亲的不满，家里人对我很不高兴，因为乡下风俗，偷了人家老婆的人才会被人剪去辫子。但我认为我是小孩子，不会偷老婆的，不成问题，因此我兄弟也学了我的样，也把辫子剪掉了。但回到学校却吃了一惊，原来杭州学台知道我们的剪辫事件了，就命令"限期蓄发"，不蓄就要开除。但那时的先生很好，他读了一下命令后，就说："上面讲不蓄就开除，只要现在蓄就行了。"这样，上半年发出"蓄发"命令，下半年就武昌起义了，大家非常高兴。

还好，遇到了政体的改变——剪掉辫子，头发散开，颇具象征意义——人们被解放了。

鲁迅就这个话题写了很多文章。晚年甚至这样说："我的爱护中华民国，焦唇敝舌，恐其衰微，大半正为了使我们得有剪辫的自由，

假使当初为了保存古迹，留辫不剪，我大约是决不会这样爱它的。"（《因太炎先生而想起的二三事》）

晚年鲁迅，恐怕还在担忧：中国人因为被奴役日久，头上的辫子剪掉易，思想的辫子剪掉难。

风波

临河的土场上，太阳渐渐的收了他通黄的光线了。场边靠河的乌桕树叶，干巴巴的才喘过气来，几个花脚蚊子在下面哼着飞舞。面河的农家的烟突里，逐渐减少了炊烟，女人孩子们都在自己门口的土场上泼些水，放下小桌子和矮凳；人知道，这已经是晚饭时候了。

老人男人坐在矮凳上，摇着大芭蕉扇闲谈，孩子飞也似的跑，或者蹲在乌桕树下赌玩石子。女人端出乌黑的蒸干菜和松花黄的米饭，热蓬蓬冒烟。河里驶过文人的酒船，文豪见了，大发诗兴，说，"无思无虑，这真是田家乐呵！"[1]

但文豪的话有些不合事实，就因为他们没有听到九斤老太的话。这时候，九斤老太正在大怒，拿破芭蕉扇敲着凳脚说：

"我活到七十九岁了，活够了，不愿意眼见这些败家相，——还

---

[1] 周作人解释："中国的诗人具有一个很特别的传统，他在行事上尽管势利熏心，只往上爬，作起诗来总是志在山林，推重隐逸，例如韩愈，在《上宰相书》中那么热心做官，但《山石》那一首诗中（取其收在《唐诗三百首》里，大家多知道）却说'人生如此自可乐，岂必局促为人鞿。'"（《人物》）

是死的好。立刻就要吃饭了，还吃炒豆子，吃穷了一家子！"

伊的曾孙女儿六斤捏着一把豆，正从对面跑来，见这情形，便直奔河边，藏在乌桕树后，伸出双丫角的小头，大声说，"这老不死的！"[1]

九斤老太虽然高寿，耳朵却还不很聋，但也没有听到孩子的话，仍旧自己说，"这真是一代不如一代！"

这村庄的习惯有点特别，女人生下孩子，多喜欢用秤称了轻重，便用斤数当作小名。九斤老太自从庆祝了五十大寿以后，便渐渐的变了不平家，常说伊年青的时候，天气没有现在这般热，豆子也没有现在这般硬：总之现在的时世是不对了。何况六斤比伊的曾祖，少了三斤，比伊父亲七斤，又少了一斤，这真是一条颠扑不破的实例。所以伊又用劲说，"这真是一代不如一代！"

伊的儿媳[2]七斤嫂子正捧着饭篮走到桌边，便将饭篮在桌上一摔，愤愤的说，"你老人家又这么说了。六斤生下来的时候，不是六斤五两么？你家的秤又是私秤，加重称，十八两秤；用了准十六，我们的六斤该有七斤多哩。我想便是太公和公公，也不见得正是九斤八斤十足，用的秤也许是十四两……"

"一代不如一代！"

七斤嫂还没有答话，忽然看见七斤从小巷口转出，便移了方向，对他嚷道，"你这死尸怎么这时候才回来，死到那里去了！不管

---

1   六斤这句咒骂是从她母亲那里学来的。

2   伊的儿媳：从上下文看，这里的"儿媳"应是"孙媳"。

人家等着你开饭！"

七斤虽然住在农村，却早有些飞黄腾达的意思。从他的祖父到他，三代不捏锄头柄了；他也照例的帮人撑着航船，每日一回，早晨从鲁镇进城，傍晚又回到鲁镇，因此很知道些时事：例如什么地方，雷公劈死了蜈蚣精；什么地方，闺女生了一个夜叉之类。他在村人里面，的确已经是一名出场人物了。但夏天吃饭不点灯，却还守着农家习惯，所以回家太迟，是该骂的。

七斤一手捏着象牙嘴白铜斗六尺多长的湘妃竹烟管[1]，低着头，慢慢地走来，坐在矮凳上。六斤也趁势溜出，坐在他身边，叫他爹爹。七斤没有应。

"一代不如一代！"九斤老太说。

七斤慢慢地抬起头来，叹一口气说，"皇帝坐了龙庭了。"

七斤嫂呆了一刻，忽而恍然大悟的道，"这可好了，这不是又要皇恩大赦了么！"

七斤又叹一口气，说，"我没有辫子。"

"皇帝要辫子么？"

"皇帝要辫子。"[2]

"你怎么知道呢？"七斤嫂有些着急，赶忙的问。

1　周作人在《人物》中指出，一般乡下男人只用毛竹烟管，长约三尺；女人多是用湘妃竹，即使长，也没有到六尺的。认为此处系夸张描写。

2　1918年《北京大学日刊》刊载《歌谣选》，其中一则反映张勋复辟带来的影响："不剃辫子没法混，剃了辫子怕张顺……"张顺盖系张勋之讹。（《人物》）张勋（1854—1923），江西奉新人，北洋军阀之一。原为清朝军官，辛亥革命后，他和所部官兵仍留辫，表示忠于清朝，被称为辫子军。1917年7月1日他在北京扶持清废帝溥仪复辟，7月12日即告失败。

"咸亨酒店里的人，都说要的。"

七斤嫂这时从直觉上觉得事情似乎有些不妙了，因为咸亨酒店是消息灵通的所在。伊一转眼瞥见七斤的光头，便忍不住动怒，怪他恨他怨他；忽然又绝望起来，装好一碗饭，搡在七斤的面前道，"还是赶快吃你的饭罢！哭丧着脸，就会长出辫子来么？"

太阳收尽了他最末的光线了，水面暗暗地回复过凉气来；土场上一片碗筷声响，人人的脊梁上又都吐出汗粒。七斤嫂吃完三碗饭，偶然抬起头，心坎里便禁不住突突地发跳。伊透过乌桕叶，看见又矮又胖的赵七爷正从独木桥上走来，而且穿着宝蓝色竹布的长衫。

赵七爷是邻村茂源酒店的主人，又是这三十里方圆以内的唯一的出色人物兼学问家；因为有学问，所以又有些遗老的臭味。他有十多本金圣叹批评的《三国志》[1]，时常坐着一个字一个字的读；他不但能说出五虎将姓名，甚而至于还知道黄忠表字汉升和马超表字孟起。革命以后，他便将辫子盘在顶上，像道士一般；常常叹息说，倘若赵子龙在世，天下便不会乱到这地步了。七斤嫂眼睛好，早望见今天的赵七爷已经不是道士，却变成光滑头皮，乌黑发顶；伊便知道这一定是皇帝坐了龙庭，而且一定须有辫子，而且七斤一定是非常危险。因为赵七爷的这件竹布长衫，轻易是不常穿的，三年以来，只穿过两次：一次是和他呕气的麻子阿四病了的时候，一次是曾经砸烂他酒店的鲁大爷死了的时候；现在是第三次了，这一定又

1　小说《三国演义》全名《三国志演义》，元末明初罗贯中著。金圣叹（1608—1661），明末清初文人，曾批注《水浒》《西厢记》等书。这里应为《三国志演义》。

是于他有庆，于他的仇家有殃了。

七斤嫂记得，两年前七斤喝醉了酒，曾经骂过赵七爷是"贱胎"，所以这时便立刻直觉到七斤的危险，心坎里突突地发起跳来。

赵七爷一路走来，坐着吃饭的人都站起身，拿筷子点着自己的饭碗说，"七爷，请在我们这里用饭！"七爷也一路点头，说道"请请"，却一径走到七斤家的桌旁。七斤们连忙招呼，七爷也微笑着说"请请"，一面细细的研究他们的饭菜。

"好香的干菜，——听到了风声了么？"赵七爷站在七斤的后面七斤嫂的对面说。

"皇帝坐了龙庭了。"七斤说。

七斤嫂看着七爷的脸，竭力陪笑道，"皇帝已经坐了龙庭，几时皇恩大赦呢？"

"皇恩大赦？——大赦是慢慢的总要大赦罢。"七爷说到这里，声色忽然严厉起来，"但是你家七斤的辫子呢，辫子？这倒是要紧的事。你们知道：长毛时候，留发不留头，留头不留发，……"[1]

七斤和他的女人没有读过书，不很懂得这古典的奥妙，但觉得有学问的七爷这么说，事情自然非常重大，无可挽回，便仿佛受了死刑宣告似的，耳朵里嗡的一声，再也说不出一句话。

"一代不如一代，——"九斤老太正在不平，趁这机会，便对赵七爷说，"现在的长毛，只是剪人家的辫子，僧不僧，道不道的。

1　赵七爷说话时代错乱，一面说明他知识浅陋，一面也说明中国历史的循环重复。周作人解释："赵七爷所引的典故，即留头不留发两句话，乃是清初的出典，与洪杨时代无关，也是合不上去的，赵七爷只知道张翼德的丈八蛇矛，这样的说正无足怪，若信以为真，便上了他的当了。"（《人物》）

从前的长毛，这样的么？我活到七十九岁了，活够了。从前的长毛是——整匹的红缎子裹头，拖下去，拖下去，一直拖到脚跟；王爷是黄缎子，拖下去，黄缎子；红缎子，黄缎子，——我活够了，七十九岁了。"

七斤嫂站起身，自言自语的说，"这怎么好呢？这样的一班老小，都靠他养活的人，……"

赵七爷摇头道，"那也没法。没有辫子，该当何罪，书上都一条一条明明白白写着的。不管他家里有些什么人。"

七斤嫂听到书上写着，可真是完全绝望了；自己急得没法，便忽然又恨到七斤。伊用筷子指着他的鼻尖说，"这死尸自作自受！造反的时候，我本来说，不要撑船了，不要上城了。他偏要死进城去，滚进城去，进城便被人剪去了辫子。从前是绢光乌黑的辫子，现在弄得僧不僧道不道的。这囚徒自作自受，带累了我们又怎么说呢？这活死尸的囚徒……"[1]

村人看见赵七爷到村，都赶紧吃完饭，聚在七斤家饭桌的周围。七斤自己知道是出场人物，被女人当大众这样辱骂，很不雅观，便只得抬起头，慢慢地说道：

"你今天说现成话，那时你……"

"你这活死尸的囚徒……"

看客中间，八一嫂是心肠最好的人，抱着伊的两周岁的遗腹

1　辫子的文化含量丰富，周作人说："乡里人怕剪辫子由于怕惧，但也有一种是出于留恋之情的……还有些实例，说来有点可笑……有许多人反对剪辫子，理由是说于'孝道'有缺，照例儿子遭父母之丧．要结麻丝七天．便是把苎麻丝替代辫线，编在辫子里边，假如剪了发就没有地方去结了。"(《人物》)

子，正在七斤嫂身边看热闹；这时过意不去，连忙解劝说，"七斤嫂，算了罢。人不是神仙，谁知道未来事呢？便是七斤嫂，那时不也说，没有辫子倒也没有什么丑么？况且衙门里的大老爷也还没有告示，……"

七斤嫂没有听完，两个耳朵早通红了；便将筷子转过向来，指着八一嫂的鼻子，说，"阿呀，这是什么话呵！八一嫂，我自己看来倒还是一个人，会说出这样昏诞胡涂话么？那时我是，整整哭了三天，谁都看见；连六斤这小鬼也都哭，……"六斤刚吃完一大碗饭，拿了空碗，伸手去嚷着要添。七斤嫂正没好气，便用筷子在伊的双丫角中间，直扎下去，大喝道，"谁要你来多嘴！你这偷汉的小寡妇！"

扑的一声，六斤手里的空碗落在地上了，恰巧又碰着一块砖角，立刻破成一个很大的缺口。七斤直跳起来，捡起破碗，合上了检查一回，也喝道，"入娘的！"一巴掌打倒了六斤。六斤躺着哭，九斤老太拉了伊的手，连说着"一代不如一代"，一同走了。

八一嫂也发怒，大声说，"七斤嫂，你'恨棒打人'……"

赵七爷本来是笑着旁观的；但自从八一嫂说了"衙门里的大老爷没有告示"这话以后，却有些生气了。这时他已经绕出桌旁，接着说，"'恨棒打人'，算什么呢。大兵是就要到的。你可知道，这回保驾的是张大帅，张大帅就是燕人张翼德的后代，他一支丈八蛇矛，就有万夫不当之勇，谁能抵挡他，"他两手同时捏起空拳，仿佛握着无形的蛇矛模样，向八一嫂抢进几步道，"你能抵挡他么！"[1]

八一嫂正气得抱着孩子发抖，忽然见赵七爷满脸油汗，瞪着眼，准对伊冲过来，便十分害怕，不敢说完话，回身走了。赵七爷也跟着走去，众人一面怪八一嫂多事，一面让开路，几个剪过辫子重新留起的便赶快躲在人丛后面，怕他看见。赵七爷也不细心察访，通过人丛，忽然转入乌桕树后，说道"你能抵挡他么！"跨上独木桥，扬长去了。

村人们呆呆站着，心里计算，都觉得自己确乎抵不住张翼德，因此也决定七斤便要没有性命。七斤既然犯了皇法，想起他往常对人谈论城中的新闻的时候，就不该含着长烟管显出那般骄傲模样，所以对于七斤的犯法，也觉得有些畅快。他们也仿佛想发些议论，却又觉得没有什么议论可发。嗡嗡的一阵乱嚷，蚊子都撞过赤膊身子，闯到乌桕树下去做市；他们也就慢慢地走散回家，关上门去睡觉。七斤嫂咕哝着，也收了家伙和桌子矮凳回家，关上门睡觉了。

七斤将破碗拿回家里，坐在门槛上吸烟；但非常忧愁，忘却了吸咽，象牙嘴六尺多长湘妃竹烟管的白铜斗里的火光，渐渐发黑了。他心里但觉得事情似乎十分危急，也想想些方法，想些计画，但总是非常模糊，贯穿不得："辫子呢辫子？丈八蛇矛。一代不如一代！皇帝坐龙庭。破的碗须得上城去钉好。谁能抵挡他？书上一条一条

1　叶圣陶（Y生）高度赞扬这段描写："这段……一笔不松，一句不赘……我觉得在近今语体文中，又特出一格，语体文长处是详细，但简明则不如文言，现在往往长到三四十字以上，太倾向欧化，使人读了，总发生不如文言明了之当之反感。这确是语体文还未成熟的小小缺憾！该集中，首先使我们注意的，是句调的单纯与明显，不夹一句方言，没有一句废话，再没有一个废字，而且流利通快，又似含有自然的声韵。有这几方面的特长，怎能不会感动人，怎能不使人得到无限深刻的印象？"（《读〈呐喊〉》）

写着。入娘的！……"[1]

　　第二日清晨，七斤依旧从鲁镇撑航船进城，傍晚回到鲁镇，又拿着六尺多长的湘妃竹烟管和一个饭碗回村。他在晚饭席上，对九斤老太说，这碗是在城内钉合的，因为缺口大，所以要十六个铜钉，三文一个，一总用了四十八文小钱。

　　九斤老太很不高兴的说，"一代不如一代，我是活够了。三文钱一个钉；从前的钉，这样的么？从前的钉是……我活了七十九岁了，——"

　　此后七斤虽然是照例日日进城，但家景总有些黯淡，村人大抵回避着，不再来听他从城内得来的新闻。七斤嫂也没有好声气，还时常叫他"囚徒"。

　　过了十多日，七斤从城内回家，看见他的女人非常高兴，问他说，"你在城里可听到些什么？"

　　"没有听到些什么。"

　　"皇帝坐了龙庭没有呢？"

　　"他们没有说。"

　　"咸亨酒店里也没有人说么？"

　　"也没人说。"

　　"我想皇帝一定是不坐龙庭了。我今天走过赵七爷的店前，看

1　"入娘的"，相当于"他妈的"。鲁迅在《论"他妈的！"》一文中说："无论是谁，只要在中国过活，便总得常听到'他妈的'或其相类的口头禅。我想：这话的分布，大概就跟着中国人足迹之所至罢；使用的遍数，怕也未必比客气的'您好呀'会更少。假使依或人所说，牡丹是中国的'国花'，那么，这就可以算是中国的'国骂'了。"

见他又坐着念书了，辫子又盘在顶上了，也没有穿长衫。"

"…………"

"你想，不坐龙庭了罢？"

"我想，不坐了罢。"

现在的七斤，是七斤嫂和村人又都早给他相当的尊敬，相当的待遇了。到夏天，他们仍旧在自家门口的土场上吃饭；大家见了，都笑嘻嘻的招呼。九斤老太早已做过八十大寿，仍然不平而且康健。六斤的双丫角，已经变成一支大辫子了；伊虽然新近裹脚[1]，却还能帮同七斤嫂做事，捧着十八个铜钉[2]的饭碗，在土场上一瘸一拐的往来。

一九二○年十月。[3]

1　中国古代以女子"小脚"为美，实为野蛮人根性的遗留。鲁迅《随感录四十二》说："缠足，更要算在土人的装饰法中，第一等的新发明了。他们也喜欢在肉体上做出种种装饰：剜空了耳朵嵌上木塞；下唇剜开一个大孔，插上一支兽骨，像鸟嘴一般……可是他们还能走路，还能做事；他们终是未达一间，想不到缠足这好法子……世上有如此不知肉体上的苦痛的女人，以及如此以残酷为乐，丑恶为美的男子，真是奇事怪事。"辛亥革命已经发生五六年，偏僻的地方仍然有缠足的行为。

2　十八个铜钉，据上文应是"十六个"。鲁迅1926年11月23日致李霁野的信中曾说："六斤家只有这一个钉过的碗，钉是十六或十八，我也记不清。总之两数之一是错的，请改成一律。"

3　据鲁迅日记，当作于1920年8月5—7日。

本篇最初发表于1920年9月《新青年》第八卷第一号。

辫子看似小事，风波也似乎显得微不足道。鲁迅却以小见大，以辫子引发的风波折射出中国社会发展的滞后和变革的艰难。

《呐喊》涉及辫子者有好几篇，《头发的故事》堪称这一篇的姊妹篇，此外如《阿Q正传》数次描写到阿Q的"黄辫子"，甚至鲁迅使用"Q"这个字母，也有其与辫子形状相似的考虑；再如《白光》中陈士成看学童，不是看他们的脸，而是看到"七个头拖了小辫子"；又如《社戏》中"我"在京城戏院看戏，"一个辫子很光的却来领我们到了侧面"——"很光"是身份的象征，代表了一种富贵和闲暇。可见，辫子——即便到了民国——在中国人民生活中占的份额之大。

风波，听起来好像动静大，其实是微小之事，而且很快过去，没有留下什么影响，严格说起来是一个半真半假的传闻给村民们开了一个玩笑。所以，外文翻译有译作"茶杯里的风暴"，竟比原文的题目还要准确。但茶杯里的暴风雨毕竟也是风暴，见微知著，也颇有些壮观景象。读者可能会有一个疑问：这风波从何而来？一开始农家乐场景，吃饭吃得好好的，虽然有老太太的牢骚，毕竟她是老一代，没落、挑剔、虚无主义，无关大局。七斤在城里听到一些不利于自己的消息，半信半疑，还不能确定。直到赵七爷光临土场，这才风波乍起，搅动一池春水。

赵七爷是什么样的人？作品中介绍不多，看起来应是一个乡绅，但文化程度不高，见识浅薄，这从他读书的爱好约略可以看出来。他读的《三国志》其实是小说《三国志演义》，可见其教育程度就是民间传说和戏文的水平。他是一个秀才吗？恐怕达不到，也许不曾进学，或者学过幕，经过商，从他开酒店看，恐怕是后者，"赵七爷是邻村茂源酒店的主人"。看他革命以后的表现，自然很有遗老气"他便将辫子盘在顶上，像道士一般；常常叹息说，倘若赵子龙在世，天下便不会乱到这地步了。"他的学问的精华就在这里，信息很明确：原来是"赵家人"，与赵太爷、秀才赵大爷是本家。在《三国志演义》里，他最佩服的人是他的祖上英雄赵子龙。不过，在这次风波中，他扮演了张飞的角色，因为从京城传下来的消息，这回助力复辟大业的是张勋——张飞（翼德）的后代。

他本来可能有儒生意识，鲁迅说他盘起辫子像是道士，也许更老一点儿会信佛吧。总之，他是随时随地都能适应，用如鱼得水来比喻，庶几近之。这个人物在整个《呐喊》中很有特色，可惜这一篇中只给了寥寥几笔。但便是这样简单的白描，也十分生动了。

赵七爷的长衫，随着时势变化，脱了穿，穿了脱，让人想起孔乙己。赵七爷大约的确中过秀才，或者是一个不愿脱去长衫的老童生，总之，是自视为长衫党的，与孔乙己同道，只不过比孔乙己"混得好"一些罢了。

故乡

我冒了严寒，回到相隔二千余里，别了二十余年的故乡去。

时候既然是深冬；渐近故乡时，天气又阴晦了，冷风吹进船舱中，呜呜的响，从篷隙向外一望，苍黄的天底下，远近横着几个萧索的荒村，没有一些活气。我的心禁不住悲凉起来了。

阿！这不是我二十年来时时记得的故乡？

我所记得的故乡全不如此。我的故乡好得多了。但要我记起他的美丽，说出他的佳处来，却又没有影像，没有言辞了。仿佛也就如此。于是我自己解释说：故乡本也如此，——虽然没有进步，也未必有如我所感的悲凉，这只是我自己心情的改变罢了，因为我这次回乡，本没有什么好心绪。

我这次是专为了别他而来的。我们多年聚族而居的老屋，已经公同卖给别姓了，交屋的期限，只在本年，所以必须赶在正月初一以前，永别了熟识的老屋，而且远离了熟识的故乡，搬家到我在谋食的异地去。

第二日清早晨我到了我家的门口了。瓦楞上许多枯草的断茎当风抖着[1]，正在说明这老屋难免易主的原因。几房的本家大约已经搬走了，所以很寂静。我到了自家的房外，我的母亲早已迎着出来了，接着便飞出了八岁的侄儿宏儿[2]。

我的母亲很高兴，但也藏着许多凄凉的神情，教我坐下，歇息，喝茶，且不谈搬家的事。宏儿没有见过我，远远的对面站着只是看。

但我们终于谈到搬家的事。我说外间的寓所已经租定了，又买了几件家具，此外须将家里所有的木器卖去，再去增添。

母亲也说好，而且行李也略已齐集，木器不便搬运的，也小半卖去了，只是收不起钱来。

"你休息一两天，去拜望亲戚本家一回，我们便可以走了。"母亲说。

"是的。"

"还有闰土[3]，他每到我家来时，总问起你，很想见你一回面。我已经将你到家的大约日期通知他，他也许就要来了。"

1　周作人认为"瓦楞上许多枯草的断茎当风抖着"有些"诗化的分子"："实际上南方屋瓦只是虚叠着，不像北方用泥和灰粘住，裂缝中容得野草生根。"（《人物》）

2　小说中的人物与现实中人物并不完全一致，小说的素材来自鲁迅1919年底回绍兴处理房产和接家眷到京的经历。"同行的人本文只说到母亲与宏儿，这也自然是小说化的地方，事实上同走的连他自己共有七人，其中两个小孩都是三弟妇的，长女末利才三岁，长子冲两岁，时在乡下病卒，次子还没有名字，生后七个月，小说中便将他诗化了，成为八岁的宏儿，因为否则他就不能与闰土的儿子水生做朋友了。"（《人物》）

3　闰土本名章运水，小说里土代替了水字，闰、运是同音的，也替换了。周作人提供的本事是："他的父亲名叫章福庆，是城东北道墟乡杜浦村人，那里是海边，他种着沙地，却是一个手艺工人，能制竹器，在周家做'忙月'，意思即是帮忙的，因为他并非长年，只在过年过节以及收租晒谷的时候来做工罢了。他有时来取稻草灰，也带了运水来过，但是有一年因为值祭，新年神像前的祭器需要人看守，那时便找运水来担任，新年照例至正月十八为止，所以他那一次的住在城内是相当长久的。"（《人物》）

这时候，我的脑里忽然闪出一幅神异的图画来：深蓝的天空中挂着一轮金黄的圆月，下面是海边的沙地，都种着一望无际的碧绿的西瓜，其间有一个十一二岁的少年，项带银圈，手捏一柄钢叉，向一匹猹¹尽力的刺去，那猹却将身一扭，反从他的胯下逃走了。

这少年便是闰土。我认识他时，也不过十多岁，离现在将有三十年了；那时我的父亲还在世，家景也好，我正是一个少爷。那一年，我家是一件大祭祀的值年²。这祭祀，说是三十多年才能轮到一回，所以很郑重；正月里供祖像，供品很多，祭器很讲究，拜的人也很多，祭器也很要防偷去。我家只有一个忙月（我们这里给人做工的分三种：整年给一定人家做工的叫长年；按日给人做工的叫短工；自己也种地，只在过年过节以及收租时候来给一定的人家做工的称忙月），忙不过来，他便对父亲说，可以叫他的儿子闰土来管祭器的。

我的父亲允许了；我也很高兴，因为我早听到闰土这名字，而且知道他和我仿佛年纪，闰月生的，五行缺土³，所以他的父亲叫他闰土。他是能装弶捉小鸟雀的。

我于是日日盼望新年，新年到，闰土也就到了。好容易到了年

---

1 猹：作者1929年5月4日致舒新城信中说："'猹'字是我据乡下人所说的声音，生造出来的，读如'查'。……现在想起来，也许是獾罢。"

2 大祭祀的值年：大家族每年祭祀祖先，费用从族中"祭产"的收入中支取，由各房按年轮流主持，轮到的称为"值年"。

3 五行缺土：旧社会所谓算"八字"的迷信说法。即用天干（甲乙丙丁戊己庚辛壬癸）和地支（子丑寅卯辰巳午未申酉戌亥）相配，来记一个人出生的年、月、日、时，各得两字，合为"八字"；又认为它们在五行（金、木、水、火、土）中各有所属，如甲乙寅卯属木，丙丁巳午属火等，如八字能包括五者，就是五行俱全。"五行缺土"，就是八个字中没有属土的字，需用土或土作偏旁的字取名等办法来弥补。

末，有一日，母亲告诉我，闰土来了，我便飞跑的去看。他正在厨房里，紫色的圆脸，头戴一顶小毡帽，颈上套一个明晃晃的银项圈，这可见他的父亲十分爱他，怕他死去，所以在神佛面前许下愿心，用圈子将他套住了。他见人很怕羞，只是不怕我，没有旁人的时候，便和我说话，于是不到半日，我们便熟识了。

我们那时候不知道谈些什么，只记得闰土很高兴，说是上城之后，见了许多没有见过的东西。

第二日，我便要他捕鸟。他说：

"这不能。须大雪下了才好。我们沙地上，下了雪，我扫出一块空地来，用短棒支起一个大竹匾，撒下秕谷，看鸟雀来吃时，我远远地将缚在棒上的绳子只一拉，那鸟雀就罩在竹匾下了。什么都有：稻鸡，角鸡，鹁鸪，蓝背……"

我于是又很盼望下雪。[1]

闰土又对我说：

"现在太冷，你夏天到我们这里来。我们日里到海边检贝壳去，红的绿的都有，鬼见怕也有，观音手也有。[2]晚上我和爹管西瓜去，你也去。"

1　鲁迅在《从百草园到三味书屋》中记述自己雪天捕鸟的情景："扫开一块雪，露出地面，用一枝短棒支起一面大的竹筛来，下面撒些秕谷，棒上系一条长绳，人远远地牵着，看鸟雀下来啄食，走到竹筛底下的时候，将绳子一拉，便罩住了。但所得的是麻雀居多，也有白颊的'张飞鸟'，性子很躁，养不过夜的。这是闰土的父亲所传授的方法，我却不大能用。明明见它们进去了，拉了绳，跑去一看，却什么都没有，费了半天力，捉住的不过三四只。闰土的父亲是小半天便能捕获几十只，装在叉袋里叫着撞着的。我曾经问他得失的缘由，他只静静地笑道：你太性急，来不及等它走到中间去。"

2　鬼见怕和观音手，都是绍兴当地人对小贝壳的称呼。浙江沿海的人把这种小贝壳用线串在一起，戴在孩子的手腕或脚踝上，认为可以"避邪"。

"管贼么？"

"不是。走路的人口渴了摘一个瓜吃，我们这里是不算偷的。要管的是獾猪，刺猬，猹。月亮地下，你听，啦啦的响了，猹在咬瓜了。你便捏了胡叉，轻轻地走去……"

我那时并不知道这所谓猹的是怎么一件东西 —— 便是现在也没有知道 —— 只是无端的觉得状如小狗而很凶猛。

"他不咬人么？"

"有胡叉呢。走到了，看见猹了，你便刺。这畜生很伶俐，倒向你奔来，反从胯下窜了。他的皮毛是油一般的滑……"

我素不知道天下有这许多新鲜事：海边有如许五色的贝壳；西瓜有这样危险的经历，我先前单知道他在水果店里出卖罢了。

"我们沙地里，潮汛要来的时候，就有许多跳鱼儿只是跳，都有青蛙似的两个脚……"

阿！闰土的心里有无穷无尽的希奇的事，都是我往常的朋友所不知道的。他们不知道一些事，闰土在海边时，他们都和我一样只看见院子里高墙上的四角的天空。

可惜正月过去了，闰土须回家里去，我急得大哭，他也躲到厨房里，哭着不肯出门，但终于被他父亲带走了。他后来还托他的父亲带给我一包贝壳和几支很好看的鸟毛，我也曾送他一两次东西，但从此没有再见面。

现在我的母亲提起了他，我这儿时的记忆，忽而全都闪电似的苏生过来，似乎看到了我的美丽的故乡了。我应声说：

"这好极！他，——怎样？……"

"他？……他景况也很不如意……"母亲说着，便向房外看，"这些人又来了。说是买木器，顺手也就随便拿走的，我得去看看。"

母亲站起身，出去了。门外有几个女人的声音。我便招宏儿走近面前，和他闲话：问他可会写字，可愿意出门。

"我们坐火车去么？"

"我们坐火车去。"

"船呢？"

"先坐船，……"

"哈！这模样了！胡子这么长了！"一种尖利的怪声突然大叫起来。

我吃了一吓，赶忙抬起头，却见一个凸颧骨，薄嘴唇，五十岁上下的女人站在我面前，两手搭在髀间，没有系裙，张着两脚，正像一个画图仪器里细脚伶仃的圆规。

我愕然了。

"不认识了么？我还抱过你咧！"

我愈加愕然了。幸而我的母亲也就进来，从旁说：

"他多年出门，统忘却了。你该记得罢，"便向着我说，"这是斜对门的杨二嫂，……开豆腐店的。"

哦，我记得了。我孩子时候，在斜对门的豆腐店里确乎终日坐着一个杨二嫂，人都叫伊"豆腐西施"。但是擦着白粉，颧骨没有这么高，嘴唇也没有这么薄，而且终日坐着，我也从没有见过这圆规式的姿势。那时人说：因为伊，这豆腐店的买卖非常好。但这大约因为年龄的关系，我却并未蒙着一毫感化，所以竟完全忘却了。然而圆规很不平，显出鄙夷的神色，仿佛嗤笑法国人不知道拿破仑，美国人不知道华盛顿似的，冷笑说：

"忘了？这真是贵人眼高……"

"那有这事……我……"我惶恐着，站起来说。

"那么，我对你说。迅哥儿，你阔了，搬动又笨重，你还要什么这些破烂木器，让我拿去罢。我们小户人家，用得着。"

"我并没有阔哩。我须卖了这些，再去……"

"阿呀呀，你放了道台[1]了，还说不阔？你现在有三房姨太太；出门便是八抬的大轿，还说不阔？吓，什么都瞒不过我。"

我知道无话可说了，便闭了口，默默的站着。

"阿呀阿呀，真是愈有钱，便愈是一毫不肯放松，愈是一毫不肯放松，便愈有钱……"圆规一面愤愤的回转身，一面絮絮的说，慢慢向外走，顺便将我母亲的一副手套塞在裤腰里，出去了。

此后又有近处的本家和亲戚来访问我。我一面应酬，偷空便收拾些行李，这样的过了三四天。

一日是天气很冷的午后，我吃过午饭，坐着喝茶，觉得外面有人进来了，便回头去看。我看时，不由的非常出惊，慌忙站起身，迎着走去。

这来的便是闰土。虽然我一见便知道是闰土，但又不是我这记

1　道台：清朝官职道员的俗称，分总管一个区域行政职务的道员和专掌某一特定职务的道员。前者是省以下、府州以上的行政长官；后者掌管一省特定事务，如督粮道、兵备道等。辛亥革命后，北洋政府也曾沿用此制，改称道尹。

忆上的闰土了。他身材增加了一倍；先前的紫色的圆脸，已经变作灰黄，而且加上了很深的皱纹；眼睛也像他父亲一样，周围都肿得通红，这我知道，在海边种地的人，终日吹着海风，大抵是这样的。他头上是一顶破毡帽，身上只一件极薄的棉衣，浑身瑟索着；手里提着一个纸包和一支长烟管，那手也不是我所记得的红活圆实的手，却又粗又笨而且开裂，像是松树皮了。

我这时很兴奋，但不知道怎么说才好，只是说：

"阿！闰土哥，——你来了？……"

我接着便有许多话，想要连珠一般涌出：角鸡，跳鱼儿，贝壳，猹，……但又总觉得被什么挡着似的，单在脑里面回旋，吐不出口外去。

他站住了，脸上现出欢喜和凄凉的神情；动着嘴唇，却没有作声。他的态度终于恭敬起来了，分明的叫道：

"老爷！……"

我似乎打了一个寒噤；我就知道，我们之间已经隔了一层可悲的厚障壁了。我也说不出话。

他回过头去说，"水生，给老爷磕头。"便拖出躲在背后的孩子来，这正是一个廿年前的闰土，只是黄瘦些，颈子上没有银圈罢了。"这是第五个孩子，没有见过世面，躲躲闪闪……"

母亲和宏儿下楼来了，他们大约也听到了声音。

"老太太。信是早收到了。我实在喜欢的了不得，知道老爷回来……"闰土说。

"阿，你怎的这样客气起来。你们先前不是哥弟称呼么？还是照旧：迅哥儿。"母亲高兴的说。

"阿呀，老太太真是……这成什么规矩。那时是孩子，不懂事……"闰土说着，又叫水生上来打拱，那孩子却害羞，紧紧的只贴在他背后。[1]

"他就是水生？第五个？都是生人，怕生也难怪的；还是宏儿和他去走走。"母亲说。

宏儿听得这话，便来招水生，水生却松松爽爽同他一路出去了。母亲叫闰土坐，他迟疑了一回，终于就了坐，将长烟管靠在桌旁，递过纸包来，说：

"冬天没有什么东西了。这一点干青豆倒是自家晒在那里的，请老爷……"

我问问他的景况。他只是摇头。

"非常难。第六个孩子也会帮忙了，却总是吃不够……又不太平……什么地方都要钱，没有定规……收成又坏。种出东西来，挑去卖，总要捐几回钱，折了本；不去卖，又只能烂掉……"

他只是摇头；脸上虽然刻着许多皱纹，却全然不动，仿佛石像一般。他大约只是觉得苦，却又形容不出，沉默了片时，便拿起烟管来默默的吸烟了。

母亲问他，知道他的家里事务忙，明天便得回去；又没有吃过午饭，便叫他自己到厨下炒饭吃去。

---

1 有美术家（如司徒乔）以《故乡》为题材创作，把"我"画成作者鲁迅，引发反对意见。《故乡》确实具有自传性质，这一点鲁迅的亲友的回忆文字已经证明。当然，鲁迅撷取过往经历做题材的同时，也掺杂一些虚构成分。

他出去了；母亲和我都叹息他的景况：多子，饥荒，苛税，兵，匪，官，绅，都苦得他像一个木偶人了。母亲对我说，凡是不必搬走的东西，尽可以送他，可以听他自己去拣择。

下午，他拣好了几件东西：两条长桌，四个椅子，一副香炉和烛台，一杆抬秤。他又要所有的草灰（我们这里煮饭是烧稻草的，那灰，可以做沙地的肥料），待我们启程的时候，他用船来载去。

夜间，我们又谈些闲天，都是无关紧要的话；第二天早晨，他就领了水生回去了。

又过了九日，是我们启程的日期。闰土早晨便到了，水生没有同来，却只带着一个五岁的女儿管船只。我们终日很忙碌，再没有谈天的工夫。来客也不少，有送行的，有拿东西的，有送行兼拿东西的。待到傍晚我们上船的时候，这老屋里的所有破旧大小粗细东西，已经一扫而空了。

我们的船向前走，两岸的青山在黄昏中，都装成了深黛颜色，连着退向船后梢去。

宏儿和我靠着船窗，同看外面模糊的风景，他忽然问道：

"大伯！我们什么时候回来？"

"回来？你怎么还没有走就想回来了。"

"可是，水生约我到他家玩去咧……"他睁着大的黑眼睛，痴痴的想。

我和母亲也都有些惘然，于是又提起闰土来。母亲说，那豆腐西施的杨二嫂，自从我家收拾行李以来，本是每日必到的，前天伊在灰堆里，掏出十多个碗碟来，议论之后，便定说是闰土埋着的，他可以在运灰的时候，一齐搬回家里去；[1]杨二嫂发现了这件事，自己很以为功，便拿了那狗气杀（这是我们这里养鸡的器具，木盘上面有着栅栏，内盛食料，鸡可以伸进颈子去啄，狗却不能，只能看着气死），飞也似的跑了，亏伊装着这么高底的小脚，竟跑得这样快。

老屋离我愈远了；故乡的山水也都渐渐远离了我，但我却并不感到怎样的留恋。我只觉得我四面有看不见的高墙，将我隔成孤身，使我非常气闷；那西瓜地上的银项圈的小英雄的影像，我本来十分清楚，现在却忽地模糊了，又使我非常的悲哀。

母亲和宏儿都睡着了。

我躺着，听船底潺潺的水声，知道我在走我的路。我想：我竟与闰土隔绝到这地步了，但我们的后辈还是一气，宏儿不是正在想念水生么。我希望他们不再像我，又大家隔膜起来……然而我又不愿意他们因为要一气，都如我的辛苦展转而生活，也不愿意他们都如闰土的辛苦麻木而生活，也不愿意都如别人的辛苦恣睢而生活。[2]他们应该有新的生活，为我们所未经生活过的。

我想到希望，忽然害怕起来了。闰土要香炉和烛台的时候，我

1　许广平在《〈呐喊〉中的几个女性》中说，"似乎闰土拿了不应该，他［指豆腐西施］明拿偷塞却都合理似的，这是很普遍的市侩心理"，认同"闰土是小偷"的观点。新中国成立后，讲授这篇作品的教师总是设法"纠正"有些学生提出的"闰土是小偷"的观点。《初级中学语文教学参考资料》（八六·五）就向老师授以如下对策：'从全文看，闰土诚实厚道，他不会这样做；况且"我"的母亲已经明言，让他自己挑选所需要的东西，他也不必这样作——以此说明杨二嫂是诬赖，也就可以了。'"

2　辛苦是一致的：有辗转，有麻木，还有"别人"的恣睢。这别人，应该包括豆腐西施。

还暗地里笑他，以为他总是崇拜偶像，什么时候都不忘却。[1]现在我所谓希望，不也是我自己手制的偶像么？只是他的愿望切近，我的愿望茫远罢了。

我在朦胧中，眼前展开一片海边碧绿的沙地来，上面深蓝的天空中挂着一轮金黄的圆月。我想：希望是本无所谓有，无所谓无的。这正如地上的路；其实地上本没有路，走的人多了，也便成了路。[2]

一九二一年一月。

1　鲁迅对民间迷信的态度前后有所变化。《随感录三十三》："一班好讲鬼话的人，最恨科学，因为科学能教道理明白，能教人思路清楚，不许鬼混，所以自然而然的成了讲鬼话的人的对头。"鲁迅后来讨论迷信问题的文字少了，可能是因为这个问题很不容易回答。如《祝福》开头祥林嫂对"我"的追问："一个人死了之后，究竟有没有魂灵的？"就让"我"仓皇失措。人是要有所信的，希望虽然微茫缥缈，却也能给人安慰。

2　小说最后的三段，特别是关于希望与路的意象，每为读者所乐道。但也有人认为多余，如朱湘批评道："我所唯一不满于这篇结构的地方便是最后三段不该赘入。小说家是来解释人生，而不是来解释他的对于人生的解释的。"（《〈呐喊〉——桌话之六〉》，署名天用）

本篇最初发表于1921年5月《新青年》第九卷第一号。

1919年12月1日至29日，鲁迅回故乡绍兴将祖屋出售，并将在绍兴的母亲、三弟等接至北京八道湾十一号宅院共同居住。

《故乡》结尾，"我"在船舱里回顾返乡遭遇，以"路"比喻"希望"，发了一番感慨："我想：希望是本无所谓有，无所谓无的。这正如地上的路；其实地上本没有路，走的人多了，也便成了路。"这段关于"希望之路"的"船舱沉思"被大多数读者和评论家誉为富有哲理，寄托了对美好生活的向往，但也有人认为属多余之笔。如果将最后三段删除，以"母亲和宏儿都睡着了"收束，也可以收到"语义含蓄，意境悠远"的效果。但百年来已经形成阅读惯性，让读者总感到少了最后三段，似乎少了所谓"升华"，少了光明和希望。没有"希望之路"的意象作为收束，全篇气氛更让人感到压抑。

本篇有两个场景值得重视：一个是与豆腐西施的对话，一个是与闰土的相见。前者有趣，让人感到浓浓的市井气；后者凄凉，让人震撼而且郁闷。闰土恭恭敬敬的一声"老爷！……"，让"我"

打一个寒战，又让水生磕头，更让"我"难堪。然而，这在闰土他们看来是天经地义的。闰土的父亲是周家的短工，与鲁迅的祖辈、父辈之间早已隔着一座"厚障壁"，如同鲁迅与闰土之间存在障壁。

鲁迅不难想起祖父和父亲在时，章福庆在家中做工时的情景。有一个明显的也颇具象征意义的情景：因为福庆的名字与祖父名字"福清"谐音，为了避讳，闰土父亲在周家不能被称呼本名。这种阶级文化根深蒂固，与《狂人日记》主人公所说的"四千年"的"吃人履历"一样历史悠久。读者可能会期待"我"发出《狂人日记》中主人公那样的质疑：从来如此，便对么？但那样一来，就比结尾的"船舱沉思"更显得突兀了。人与人的相通是很难实现的——四千年努力没有实现的，怎么可能在几年、几十年间实现？

尽管如此，谁也不能完全否定"希望之路"出现的可能性。

"障壁"和"路"两种意象在《故乡》中构成一种延续和参照关系，前者引出后者，后者则是对前者的反思。当"我"看到宏儿和水生很快熟络、一起玩耍时，联系自己与闰土之间关系的变化，表达期待："我想：我竟与闰土隔绝到这地步了，但我们的后辈还是一气，宏儿不是正在想念水生么。我希望他们不再像我，又大家隔膜起来……""希望之路"意象是直接从"厚障壁"意象中生长出来的，这对组合，不但是《故乡》，而且是《呐喊》乃至整个鲁迅文学的核心意象之一。

这篇作品大量取材于鲁迅的经历和交游，但取舍之间是有讲究的。在叙述闰土生存维艰的原因时有一个隐晦之笔：闰土的原型为挣脱包办婚姻，不惜离婚，这实际上是导致他贫困的一个重要原因：家不和万事休。在农村，那个时代，离婚是难的。鲁迅本人，即便是到了北上广等大城市，也没有离婚。他后来写小说《离婚》，固然意在伸张妇女权利，寄同情于爱姑，但也很形象地写出爱姑的泼辣，从侧面反映了对男方而言"离婚"之艰难。写这篇小说的时候，鲁迅应该能想起闰土的原型婚后多子，生活本来艰难，加上竭力挣脱包办婚姻，决然离婚而与一位寡妇结合的遭遇，故在《故乡》中用省略号隐去了幼年伙伴婚姻生活不如意的情节。

类似的情况，在朱自清的自叙传《背影》中也出现过。朱自清的父亲朱鸿钧在宝应厘捐局局长任上捞了不少油水，家中富有，一连娶了好几房姨太太，朱自清的母亲作为正房却被父亲的宠妾潘氏欺压，让母子两人愤恨。所以，朱自清对父亲并不感到亲近。后来，父亲去徐州任职，在当地又娶了姨太太，导致潘氏跑到官衙大闹，并举报他贪污公款，影响十分恶劣。朱鸿钧因此丢了官，变卖祖产填补亏空，老母亲受不了打击病故。《背影》开头说的"那年冬天，祖母死了，父亲的差使也交卸了"，就是这些事，但十分笼统。至于朱鸿钧纳妾导致家庭矛盾，朱自清为尊者讳一字不提。

《故乡》结尾提出的"希望之路"方案，如"我"所承认，也无非"自己手制的偶像"——因为要推进文学革命，不愿让同人们太寂寞、太孤独，于是就听了那些不主张消极的旗手的"将令"，在沉郁和悲哀中"装点些欢容"。如此，则不必将"船舱沉思"三段文字看作赘入的蛇足，毋宁作为抵抗"厚障壁"的"光明的尾巴"，就像《药》中夏瑜坟上的花环一样。

阿Q正传

第一章　序

　　我要给阿Q做正传，已经不止一两年了。但一面要做，一面又往回想，这足见我不是一个"立言"[1]的人，因为从来不朽之笔，须传不朽之人，于是人以文传，文以人传——究竟谁靠谁传，渐渐的不甚了然起来，而终于归结到传阿Q，仿佛思想里有鬼似的。

　　然而要做这一篇速朽的文章，才下笔，便感到万分的困难了。第一是文章的名目。孔子曰，"名不正则言不顺"。这原是应该极注意的。传的名目很繁多：列传，自传，内传，外传，别传，家传，小传……，而可惜都不合。"列传"么，这一篇并非和许多阔人排在"正史"里；"自传"么，我又并非就是阿Q[2]。说是"外传"，"内

1　立言：中国古代有"三不朽"说，《左传·襄公二十四年》："太上有立德，其次有立功，其次有立言，虽久不废，此之谓不朽。"

2　人人都可能是阿Q，为什么鲁迅说自己不是？郑子瑜在《〈阿Q正传〉郑笺》中说："我族人都不免或多或少地带着'阿Q相'，难道鲁迅先生独能例外吗？愚意独能例外，证据是在他的《全集》里，找不出一句类于阿Q所说的话。"

传"在那里呢？倘用"内传"，阿Q又决不是神仙。"别传"呢，阿Q实在未曾有大总统上谕宣付国史馆立"本传"——虽说英国正史上并无"博徒列传"，而文豪迭更司也做过《博徒别传》[1]这一部书，但文豪则可，在我辈却不可的。其次是"家传"，则我既不知与阿Q是否同宗，也未曾受他子孙的拜托；或"小传"[2]，则阿Q又更无别的"大传"了。总而言之，这一篇也便是"本传"，但从我的文章着想，因为文体卑下，是"引车卖浆者流"所用的话[3]，所以不敢僭称，便从不入三教九流的小说家[4]所谓"闲话休题言归正传"这一句套话里，取出"正传"两个字来，作为名目，即使与古人所撰《书法正传》的"正传"字面上很相混，也顾不得了。

第二，立传的通例，开首大抵该是"某，字某，某地人也"，

1　迭更司（1812—1870），通译狄更斯，晚清中国译其小说甚多，有《块肉余生记》（《大卫·科波菲尔》）等。《博徒别传》并非狄更斯作品，而为英国小说家柯南·道尔（1859—1930）所著。鲁迅1926年8月8日致韦素园信中说："《阿Q正传》中说是迭更司作，乃是我误记。"《博徒别传》因为是林纾所译，鲁迅就说自己不敢模仿文豪，既有对狄更斯表示谦逊，也有讽刺林纾之意。

2　周作人对"小传"和"大传"提供了一种解释："林琴南又译有哈葛得的一部《迦茵小传》，以前有人译过下半部，为的保存女主人公的道德，把她私通怀孕部分略去，说是上卷缺失，林氏将全部重译出来，鲁迅对于此本颇有好感，可能这'小传'的名字可以衍用的了。但他觉得不够奇特，所以说阿Q更别有的'大传'，也不能用。"（《人物》）

3　"引车卖浆者流"所用的话，指白话文。林纾在《致蔡鹤卿太史书》中斥责白话文："若行用土语文字，则都下引车卖浆之徒所操之语，按之皆成文法。"鲁迅对日文译者山上正义解释："'引车卖浆'，即拉车卖豆腐浆之谓，系指蔡元培氏之父〔蔡元培的父亲虽然经商，但非拉车卖豆浆者〕。那时，蔡元培氏为北京大学校长，亦系主张白话者之一，故亦受到攻击之矢。"

4　不入三教九流的小说家：三教，指儒教、佛教、道教；九流，战国时期的九家学派，计有儒家、道家、阴阳家、法家、名家、墨家、纵横家、杂家、农家。什么时候又有小说家入流，则为十家。《汉书·艺文志》说："诸子十家，其可观者九家而已。"因为"小说家者流，盖出于稗官。街谈巷语，道听途说者之所造也。……是以君子弗为也"。

而我并不知道阿Q姓什么。有一回，他似乎是姓赵[1]，但第二日便模糊了。那是赵太爷的儿子进了秀才的时候，锣声镗镗的报到村里来，阿Q正喝了两碗黄酒，便手舞足蹈的说，这于他也很光采，因为他和赵太爷原来是本家，细细的排起来他还比秀才长三辈呢。[2]其时几个旁听人倒也肃然的有些起敬了。那知道第二天，地保[3]便叫阿Q到赵太爷家里去；太爷一见，满脸溅朱[4]，喝道：

"阿Q，你这浑小子！你说我是你的本家么？"

阿Q不开口。

赵太爷愈看愈生气了，抢进几步说："你敢胡说！我怎么会有你这样的本家？你姓赵么？"

阿Q不开口，想往后退了；赵太爷跳过去，给了他一个嘴巴。

"你怎么会姓赵！——你那里配姓赵！"

阿Q并没有抗辩他确凿姓赵，只用手摸着左颊，和地保退出去

---

1 鲁迅在《答〈戏〉周刊编者信》中说："人名也一样，古今文坛消息家，往往以为有些小说的根本是在报私仇，所以一定要穿凿书上的谁，就是实际上的谁。为免除这些才子学者们的白费心思，另生枝节起见，我就用‘赵太爷’，‘钱太爷’，是《百家姓》上最初的两个字；至于阿Q的姓呢，谁也不十分了然。"周作人说："秀才的父亲是赵太爷，这与那‘假洋鬼子’的父亲是钱太爷都是特别有意义的，这《百家姓》的头两名的姓氏正代表着中国士大夫的新旧两派。"

2 鲁迅在《中秋二愿》中说："中国人是尊家族、尚血统的，但一面又喜欢和不相干的人去攀亲，我真不知道是什么意思。从小以来，什么‘乾隆是从我们汉人的陈家悄悄地抱去的’呀，‘我们元朝是征服了欧洲的’呀之类，早听的耳朵里起茧了，不料到得现在，纸烟铺子的选举中国政界伟人投票，还是列成吉思汗为其中之一人；开发民智的报章，还在讲满洲的乾隆皇帝是陈阁老的儿子。"

3 地保：清代及民国初年地方上替官府办差的人。

4 满脸溅朱：指因气愤而脸色变红、呈现凶相。

了；外面又被地保训斥了一番，谢了地保二百文酒钱。[1] 知道的人都说阿Q太荒唐，自己去招打；他大约未必姓赵，即使真姓赵，有赵太爷在这里，也不该如此胡说的。此后便再没有人提起他的氏族来，所以我终于不知道阿Q究竟什么姓。

第三，我又不知道阿Q的名字是怎么写的。他活着的时候，人都叫他阿Quei，死了以后，便没有一个人再叫阿Quei了，那里还会有"著之竹帛"的事。若论"著之竹帛"，这篇文章要算第一次，所以先遇着了这第一个难关。我曾经仔细想：阿Quei，阿桂还是阿贵呢？倘使他号叫月亭，或者在八月间做过生日，那一定是阿桂了[2]；而他既没有号 —— 也许有号，只是没有人知道他，—— 又未尝散过生日征文的帖子[3]：写作阿桂，是武断的。又倘若他有一位老兄或令弟叫阿富，那一定是阿贵了；而他又只是一个人：写作阿贵，也没有佐证的。其余音Quei的偏僻字样，更加凑不上了。先前，我也曾问过赵太爷的儿子茂才[4]先生，谁料博雅如此公，竟也茫然，但据结论说，是因为陈独秀办了《新青年》提倡洋字[5]，所以国粹沦亡，

---

1 周作人说："赵府人叫阿Q赔罪的那种做法，在乡下叫作'投地保'……这些在野的统治阶级遇着平民触犯了他的时候，多是装腔作势的叫人拿名片送官，要地方官给他出气，事情小一点的则投地保，就是把地保叫来，命令他处理某人触犯的事件。"（《人物》）

2 中国民间传说月中有丹桂，故名"桂"的人，往往喜欢别号"月"，故鲁迅说阿Q可能号"月亭"。

3 鲁迅为山上正义解释中国人的散帖时说："此系中国的所谓名人常干的勾当，其实是敛钱（贺礼）的手段。"

4 茂才：秀才。东汉时，因避光武帝刘秀名讳，改秀才为茂才。

5 前半句陈独秀创办《新青年》是对的，但提倡洋字的另有其人，具体说是1918年前后钱玄同等人在《新青年》杂志上开展关于废除汉字、改用罗马字母拼音的讨论。鲁迅对山上正义解释说："主张使用罗马字母的是钱玄同，这里说是陈独秀，系茂才公之误。"

无可查考了。我的最后的手段，只有托一个同乡去查阿Q犯事的案卷，八个月之后才有回信，说案卷里并无与阿Quei的声音相近的人。我虽不知道是真没有，还是没有查，然而也再没有别的方法了。生怕注音字母[1]还未通行，只好用了"洋字"，照英国流行的拼法写他为阿Quei，略作阿Q。这近于盲从《新青年》，自己也很抱歉，但茂才公尚且不知，我还有什么好办法呢。

第四，是阿Q的籍贯了。倘他姓赵，则据现在好称郡望的老例，可以照《郡名百家姓》上的注解，说是"陇西天水人也"，但可惜这姓是不甚可靠的，因此籍贯也就有些决不定。

他虽然多住未庄，然而也常常宿在别处，不能说是未庄人，即使说是"未庄人也"，也仍然有乖史法的。[2]

我所聊以自慰的，是还有一个"阿"字非常正确，绝无附会假借的缺点，颇可以就正于通人[3]。至于其余，却都非浅学所能穿凿，只希望有"历史癖与考据癖"的胡适之[4]先生的门人们，将来或者能够寻出许多新端绪来[5]，但是我这《阿Q正传》到那时却又怕早经消灭了。

1　周作人对此解释道："据著者自己说，他就觉得那Q字（须得大写）上边的小辫好玩。"（《人物》）

2　鲁迅不愿让读者以为阿Q仅仅是中国某一地方的人，因此他不具体指出阿Q在哪个村庄。他在《答〈戏〉周刊编者信》中说："我的一切小说中，指明着某处的却少得很。中国人几乎都是爱护故乡，奚落别处的大英雄，阿Q也很有这脾气。"

3　通人：博通之人，指见多识广的人。

4　胡适之，即胡适。他在1920年7月所作的《〈水浒传〉考证》中自称有历史癖与考据癖。

5　因为胡适着力考证《红楼梦》等小说中人物的原型，所以鲁迅希望他的门人们也来考证阿Q，言辞间略含嘲讽。

以上可以算是序。

第二章　优胜记略[1]

阿Q不独是姓名籍贯有些渺茫，连他先前的"行状"[2]也渺茫。因为未庄的人们之于阿Q，只要他帮忙，只拿他玩笑，从来没有留心他的"行状"的。而阿Q自己也不说，独有和别人口角的时候，间或瞪着眼睛道：

"我们先前 —— 比你阔的多啦！你算是什么东西！"[3]

阿Q没有家，住在未庄的土谷祠里；也没有固定的职业，只给人家做短工，割麦便割麦，春米便春米，撑船便撑船。工作略长久时，他也或住在临时主人的家里，但一完就走了。所以，人们忙碌的时候，也还记起阿Q来，然而记起的是做工，并不是"行状"；一闲空，连阿Q都早忘却，更不必说"行状"了。只是有一回，有一个老头子颂扬说："阿Q真能做！"这时阿Q赤着膊，懒洋洋的瘦伶仃的正在他面前，别人也摸不着这话是真心还是讥笑，然而阿Q很喜欢。

1　周作人评论说："这题目虽然并不一定模仿《绥寇纪略》，但总之很有夸大的滑稽味，便是将小丑当作英雄去描写，更明显的可以现出讽刺的意思来。"（《人物》）

2　行状：记述死者世系、籍贯、生卒、事迹的文字，后来大多称为"生平"。

3　鲁迅在《随感录三十八》中指出：有一种"合群的爱国的自大"，开口"中国地大物博，开化最早；道德天下第一"，或是"外国的东西，中国都已有过；某种科学，即'某子所说的云云'"。

阿Q又很自尊，所有未庄的居民，全不在他眼睛里，甚而至于对于两位"文童"[1]也有以为不值一笑的神情。夫文童者，将来恐怕要变秀才者也；赵太爷钱太爷大受居民的尊敬，除有钱之外，就因为都是文童的爹爹，而阿Q在精神上独不表格外的崇奉，他想：我的儿子会阔得多啦！加以进了几回城，阿Q自然更自负，然而他又很鄙薄城里人，譬如用三尺长三寸宽的木板做成的凳子，未庄叫"长凳"，他也叫"长凳"，城里人却叫"条凳"，他想：这是错的，可笑！油煎大头鱼，未庄都加上半寸长的葱叶，城里却加上切细的葱丝，他想：这也是错的，可笑！然而未庄人真是不见世面的可笑的乡下人呵，他们没有见过城里的煎鱼！

　　阿Q"先前阔"，见识高[2]，而且"真能做"，本来几乎是一个"完人"了，但可惜他体质上还有一些缺点。最恼人的是在他头皮上，颇有几处不知起于何时的癞疮疤。这虽然也在他身上，而看阿Q的意思，倒也似乎以为不足贵的，因为他讳说"癞"以及一切近于"赖"的音，后来推而广之，"光"也讳，"亮"也讳，再后来，连"灯""烛"都讳了。[3]一犯讳，不问有心与无心，阿Q便全疤通红的

1　文童，也称"童生"。《明史》："士子未入学者，通谓之童生。"

2　文化学术界也有这类阿Q言行。鲁迅讽刺有些文人学者拿国外的学说或学人炫耀，如："梁实秋有一个白璧德，徐志摩有一个泰戈尔，胡适之有一个杜威，——是的，徐志摩还有一个曼殊斐儿，他到她坟上去哭过，——创造社有革命文学，时行的文学。"（《现今的新文学的概观》）

3　"讳"是中国文化一大特色，起源甚古，堪称国粹。《公羊传》已载"为尊者讳，为亲者讳，为贤者讳"三项。在鲁迅家做短工的闰土的父亲章福庆，一到周家就得改称呼，因为鲁迅的祖父叫"周福清"。

126

发起怒来，估量了对手，口讷的他便骂，气力小的他便打[1]；然而不知怎么一回事，总还是阿Q吃亏的时候多。于是他渐渐的变换了方针，大抵改为怒目而视了。

谁知道阿Q采用怒目主义之后，未庄的闲人们便愈喜欢玩笑他。一见面，他们便假作吃惊的说：

"哼，亮起来了。"

阿Q照例的发了怒，他怒目而视了。

"原来有保险灯在这里！"他们并不怕。

阿Q没有法，只得另外想出报复的话来：

"你还不配……"这时候，又仿佛在他头上的是一种高尚的光荣的癞头疮，并非平常的癞头疮了[2]；但上文说过，阿Q是有见识的，他立刻知道和"犯忌"有点抵触，便不再往底下说。

闲人还不完，只撩他，于是终而至于打。阿Q在形式上打败了，被人揪住黄辫子[3]，在壁上碰了四五个响头，闲人这才心满意足的得胜的走了，阿Q站了一刻，心里想，"我总算被儿子打了，现在的世界真不像样……"于是也心满意足的得胜的走了。

阿Q想在心里的，后来每每说出口来，所以凡有和阿Q玩笑的

1　鲁迅在《忽然想到七》中指出："他们是羊，同时也是凶兽；但遇见比他更凶的凶兽时便现羊样，遇见比他更弱的羊时便现凶兽样……"

2　鲁迅在《随感录三十九》中讽刺说："只要从来如此，便是宝贝。即使无名肿毒，倘若生在中国人身上，也便'红肿之处，艳若桃花；溃烂之时，美如乳酪'。国粹所在，妙不可言。"

3　关于阿Q的"黄辫子"，鲁迅对山上正义解释说："系指因营养不良，连头发也变成黄色者。"

人们，几乎全知道他有这一种精神上的胜利法[1]，此后每逢揪住他黄辫子的时候，人就先一着对他说：

"阿Q，这不是儿子打老子，是人打畜生。自己说：人打畜生！"

阿Q两只手都捏住了自己的辫根，歪着头，说道：

"打虫豸，好不好？我是虫豸 —— 还不放么？"

但虽然是虫豸，闲人也并不放，仍旧在就近什么地方给他碰了五六个响头，这才心满意足的得胜的走了，他以为阿Q这回可遭了瘟。然而不到十秒钟，阿Q也心满意足的得胜的走了，他觉得他是第一个能够自轻自贱的人，除了"自轻自贱"不算外，余下的就是"第一个"。状元不也是"第一个"么？"你算是什么东西"呢？！[2]

阿Q以如是等等妙法克服怨敌之后，便愉快的跑到酒店里喝几碗酒，又和别人调笑一通，口角一通，又得了胜，愉快的回到土谷祠，放倒头睡着了。假使有钱，他便去押牌宝[3]，一堆人蹲在地面上，阿Q即汗流满面的夹在这中间，声音他最响：

"青龙四百！"

"咳～～开～～啦！"桩家揭开盒子盖，也是汗流满面的唱。

1　本书第一次出现"精神上的胜利法"，后称"精神胜利法"，即在心理上想象自己比别人强。鲁迅早年在《随感录》中批判这种"精神"优越感，晚年在上海仍注意搜集此类材料，如："阮玲玉……自杀了之后，也还可以给人想：'我虽然没有阮玲玉的技艺，却比她有勇气，因为我没有自杀。'"（《论"人言可畏"》）

2　周作人认为鲁迅这篇小说的笔法是"寄悲愤于滑稽"，借鉴的是波兰作家显克微支的手法。（《〈阿Q正传〉》）

3　押牌宝：牌宝是一种赌具，现已少见。庄家（摆赌摊的人）拿出一张（总共有"天""地""人""我"四张），叫别人猜（押），猜中即胜，庄家给三倍的钱；猜不中被庄家吃掉。

"天门啦～～角回啦～～！人和穿堂空在那里啦～～！阿Q的铜钱拿过来～～！"

"穿堂一百 —— 一百五十！"

阿Q的钱便在这样的歌吟之下，渐渐的输入别个汗流满面的人物的腰间。他终于只好挤出堆外，站在后面看，替别人着急，一直到散场，然后恋恋的回到土谷祠，第二天，肿着眼睛去工作。

但真所谓"塞翁失马安知非福"罢，阿Q不幸而赢了一回，他倒几乎失败了。

这是未庄赛神[1]的晚上。这晚上照例有一台戏，戏台左近，也照例有许多的赌摊。做戏的锣鼓，在阿Q耳朵里仿佛在十里之外；他只听得桩家的歌唱了。他赢而又赢，铜钱变成角洋[2]，角洋变成大洋，大洋又成了叠。他兴高采烈得非常：

"天门两块！"

他不知道谁和谁为什么打起架来了。骂声打声脚步声，昏头昏脑的一大阵，他才爬起来，赌摊不见了，人们也不见了，身上有几处很似乎有些痛，似乎也挨了几拳几脚似的，几个人诧异的对他看。[3]他如有所失的走进土谷祠，定一定神，知道他的一堆洋钱不见了。赶赛会的赌摊多不是本村人，还到那里去寻根柢呢？

1　赛神：迎神赛会，以鼓乐仪仗和杂戏等迎神出庙，周游街巷，以酬神祈福。因为人多热闹，是赌博的好地方。

2　角洋：辛亥革命前后通行的一种辅币，十个角洋等于一个大洋，即一元。

3　赌场上，庄家有这样的计策：自己人假装衙役来捉赌，或者扮演打架，趁乱把钱掠走。相比之下，鲁迅小说《高老夫子》中黄三等人所设之局比较"文明"："毛家屯毛资甫的大儿子……手头现带着二百番。我们已经约定，晚上凑一桌，一个我，一个老钵，一个就是你。你一定来罢，万不要误事。我们三个人扫光他！"

"赌摊"（刘建庵 作）

很白很亮的一堆洋钱！而且是他的 —— 现在不见了！说是算被儿子拿去了罢，总还是忽忽不乐；说自己是虫豸罢，也还是忽忽不乐：他这回才有些感到失败的苦痛了。

但他立刻转败为胜了。他擎起右手，用力的在自己脸上连打了两个嘴巴，热剌剌的有些痛；打完之后，便心平气和起来，似乎打的是自己，被打的是别一个自己，不久也就仿佛是自己打了别个一般，—— 虽然还有些热剌剌，—— 心满意足的得胜的躺下了。[1]

他睡着了。

1　自我惩罚中含着发泄的快感，是一种"心理转嫁"。鲁迅在《补天》中写有个人从不周山上摔下来，因错过了来接他的巨龟，又不会凫水，"便伏在海边自己打嘴巴"。

第三章　续优胜记略

然而阿Q虽然常优胜，却直待蒙赵太爷打他嘴巴之后，这才出了名。

他付过地保二百文酒钱，愤愤的躺下了，后来想："现在的世界太不成话，儿子打老子……"于是忽而想到赵太爷的威风，而现在是他的儿子了，便自己也渐渐的得意起来，爬起身，唱着《小孤孀上坟》到酒店去。这时候，他又觉得赵太爷高人一等了。

说也奇怪，从此之后，果然大家也仿佛格外尊敬他。这在阿Q，或者以为因为他是赵太爷的父亲，而其实也不然。未庄通例，倘如阿七打阿八，或者李四打张三，向来本不算一件事，必须与一位名人如赵太爷者相关，这才载上他们的口碑。一上口碑，则打的既有名，被打的也就托庇[1]有了名。至于错在阿Q，那自然是不必说。所以者何？就因为赵太爷是不会错的。但他既然错，为什么大家又仿佛格外尊敬他呢？这可难解，穿凿起来说，或者因为阿Q说是赵太爷的本家，虽然挨了打，大家也还怕有些真，总不如尊敬一些稳

1　托庇：依赖长辈或有权势者的庇护。鲁迅在《说"面子"》中讲了一个故事："'要面子'和'不要脸'实在也可以有很难分辨的时候。不是有一个笑话么？一个绅士有钱有势，我假定他叫四大人罢，人们都以能够和他扳谈为荣。有一个专爱夸耀的小瘪三，一天高兴的告诉别人道：'四大人和我讲过话了！'人问他'说什么呢？'答道：'我站在他门口，四大人出来了，对我说：滚开去！'当然，这是笑话，是形容这人的'不要脸'，但在他本人，是以为'有面子'的，如此的人一多，也就真成为'有面子'了。别的许多人，不是四大人连'滚开去'也不对他说么？"

当。[1]否则，也如孔庙里的太牢[2]一般，虽然与猪羊一样，同是畜生，但既经圣人下箸，先儒们便不敢妄动了。

阿Q此后倒得意了许多年。

有一年的春天，他醉醺醺的在街上走，在墙根的日光下，看见王胡在那里赤着膊捉虱子，他忽然觉得身上也痒起来了。这王胡，又癞又胡，别人都叫他王癞胡，阿Q却删去了一个癞字，然而非常渺视他。阿Q的意思，以为癞是不足为奇的，只有这一部络腮胡子，实在太新奇，令人看不上眼。他于是并排坐下去了。倘是别的闲人们，阿Q本不敢大意坐下去。但这王胡旁边，他有什么怕呢？老实说：他肯坐下去，简直还是抬举他。

阿Q也脱下破夹袄来，翻检了一回，不知道因为新洗呢还是因为粗心，许多工夫，只捉到三四个。他看那王胡，却是一个又一个，两个又三个，只放在嘴里毕毕剥剥的响。

阿Q最初是失望，后来却不平了：看不上眼的王胡尚且那么多，自己倒反这样少，这是怎样的大失体统的事呵！他很想寻一两个大的，然而竟没有，好容易才捉到一个中的，恨恨的塞在厚嘴唇里，狠命一咬，劈的一声，又不及王胡响。

他癞疮疤块块通红了，将衣服摔在地上，吐一口唾沫，说：

1　这种心理便是"宁可信其有，不可信其无"。所以很容易发生类似果戈理的《钦差大臣》所写的故事：骗子用轩昂的态度、伪造的任命状甚至一张与高官的合影照就能得手。即便有人看出些破绽，也不敢深究——万一他是真的呢？

2　太牢：古代祭礼，本指牛、羊、豕三牲，后来单指牛。鲁迅叮嘱山上正义说："'牺牲'改成'牛'为好。对孔子供牛，对先儒则无牛。"

"这毛虫！"[1]

"癞皮狗，你骂谁？"王胡轻蔑的抬起眼来说。

阿Q近来虽然比较的受人尊敬，自己也更高傲些，但和那些打惯的闲人们见面还胆怯，独有这回却非常武勇了。这样满脸胡子的东西，也敢出言无状么？

"谁认便骂谁！"他站起来，两手叉在腰间说。

"你的骨头痒了么？"王胡也站起来，披上衣服说。

阿Q以为他要逃了，抢进去就是一拳。这拳头还未达到身上，已经被他抓住了，只一拉，阿Q跄跄踉踉的跌进去，立刻又被王胡扭住了辫子，要拉到墙上照例去碰头。

"'君子动口不动手'！"阿Q歪着头说。

王胡似乎不是君子，并不理会，一连给他碰了五下，又用力的一推，至于阿Q跌出六尺多远，这才满足的去了。

在阿Q的记忆上，这大约要算是生平第一件的屈辱，因为王胡以络腮胡子的缺点，向来只被他奚落，从没有奚落他，更不必说动手了。而他现在竟动手，很意外，难道真如市上所说，皇帝已经停了考[2]，不要秀才和举人了，因此赵家减了威风，因此他们也便小觑了他么？

阿Q无可适从的站着。

远远的走来了一个人，他的对头又到了。这也是阿Q最厌恶的一

1　这是双关语，既指虱子，也指满脸胡子的王胡。

2　皇帝已经停了考：光绪三十一年（1905），清廷下令自丙午科起，废止科举考试。

个人，就是钱太爷的大儿子。他先前跑上城里去进洋学堂，不知怎么又跑到东洋去了，半年之后他回到家里来，腿也直了[1]，辫子也不见了，他的母亲大哭了十几场，他的老婆跳了三回井。后来，他的母亲到处说，"这辫子是被坏人灌醉了酒剪去的。本来可以做大官，现在只好等留长再说了。"[2]然而阿Q不肯信，偏称他"假洋鬼子"，也叫作"里通外国的人"[3]，一见他，一定在肚子里暗暗的咒骂。

阿Q尤其"深恶而痛绝之"的，是他的一条假辫子。辫子而至于假，就是没有了做人的资格；他的老婆不跳第四回井，也不是好女人。[4]

这"假洋鬼子"近来了。

"秃儿。驴……"阿Q历来本只在肚子里骂，没有出过声，这回因为正气忿，因为要报仇，便不由的轻轻的说出来了。

不料这秃儿却拿着一支黄漆的棍子——就是阿Q所谓哭丧棒[5]——大踏步走了过来。阿Q在这刹那，便知道大约要打了，赶紧抽紧筋骨，耸了肩膀等候着，果然，拍的一声，似乎确凿打在自己

1　鲁迅向山上正义解释说："腿也直了，是因为学洋人走路的姿势，和（风采）堂堂稍有不同。"

2　不参加科举考试基本上就断了仕途。但在废除科举实行学堂制的转换期，政府做了特殊的安排，如京师大学堂毕业生分别等级，给以"进士"和"举人"出身。不过，剪辫者可能有革命思想，政府会加以防备。鲁迅在《病后杂谈之余》中说："尤其应该小心的是满洲人的绍兴知府的眼睛，他……总喜欢注视我的短头发，和我多说话。"

3　鲁迅自己就曾被人戴上汉奸的帽子。他在《运命》中说："我是常到内山书店去闲谈的，我的可怜的敌对的'文学家'，还曾经借此竭力给我一个'汉奸'的称号……"

4　旧时中国有些地方习俗，女子死了丈夫，如随之自尽，会被政府和宗族"表彰"为"贞女""烈女"。女子若不遵从这种习俗，便"不是好女人"。

5　哭丧棒：旧时儿子为父母送殡时，须手拄"孝杖"，以示悲痛难支。阿Q因厌恶假洋鬼子，所以把他的手杖咒为"哭丧棒"。

"确凿打在自己头上了"（刘建庵 作）

头上了。

"我说他！"阿Q指着近旁的一个孩子，分辩说。

拍！拍拍！

在阿Q的记忆上，这大约要算是生平第二件的屈辱。幸而拍拍的响了之后，于他倒似乎完结了一件事，反而觉得轻松些，而且"忘却"这一件祖传的宝贝[1]也发生了效力，他慢慢的走，将到酒店门口，早已有些高兴了。

1　鲁迅常感叹国人健忘，在《十四年的"读经"》中说："再进一步，并可以悟出中国人是健忘的，无论怎样言行不符，名实不副，前后矛盾，撒谎造谣，蝇营狗苟，都不要紧，经过若干时候，自然被忘得干干净净；只要留下一点卫道模样的文字，将来仍不失为'正人君子'。况且即使将来没有'正人君子'之称，于目下的实利又何损哉？""忘却"这件祖传宝贝，阿Q继承得很好，虽然屡屡挨打，但因为很快忘却，所以也就容易又高兴起来。

但对面走来了静修庵里的小尼姑。阿Q便在平时，看见伊也一定要唾骂，而况在屈辱之后呢？他于是发生了回忆，又发生了敌忾了。

"我不知道我今天为什么这样晦气，原来就因为见了你！"[1]他想。

他迎上去，大声的吐一口唾沫：

"咳，呸！"

小尼姑全不睬，低了头只是走。阿Q走近伊身旁，突然伸出手去摩[2]着伊新剃的头皮，呆笑着，说：

"秃儿！快回去，和尚等着你……"[3]

"你怎么动手动脚……"尼姑满脸通红的说，一面赶快走。

酒店里的人大笑了。阿Q看见自己的勋业得了赏识，便愈加兴高采烈起来：

"和尚动得，我动不得？"[4]他扭住伊的面颊。

1　中国人的迷信中有见"异类"觉得"晦气"一项，如周作人所说："在一般社会上，庵堂与尼姑多少有一点神秘性，特别对于尼姑，最普通的是一种忌讳，路上遇见尼姑，多要吐口唾沫，有的两个男人同走，便分开两旁，把她挤过，可以脱掉晦气。这样习惯在读书人还不能免，闲人们的起哄，自然更是难怪了。"（《人物》）

2　鲁迅对日文译者解释"摩"字说："把住尼姑的面颊，拧了一下。"

3　鲁迅在《寡妇主义》中说："别的独身者也一样，生活既不合自然，心状也就大变，觉得世事都无味，人物都可憎，看见有些天真欢乐的人，便生恨恶。尤其是因为压抑性欲之故，所以于别人的性底事件就敏感，多疑；欣羡，因而妒嫉。……见一封信，疑心是情书了；闻一声笑，以为是怀春了；只要男人来访，就是情夫；为什么上公园呢，总该是赴密约。"

4　中国社会上有很多关于寺庙作风败坏的传说和对僧尼的贬损言论。阿Q关于僧尼的观念其来有自，参见本文第四章。

酒店里的人大笑了[1]。阿Q更得意，而且为满足那些赏鉴家起见，再用力的一拧，才放手。

他这一战，早忘却了王胡，也忘却了假洋鬼子，似乎对于今天的一切"晦气"都报了仇；而且奇怪，又仿佛全身比拍拍的响了之后更轻松，飘飘然的似乎要飞去了。

"这断子绝孙的阿Q！"远远地听得小尼姑的带哭的声音。

"哈哈哈！"阿Q十分得意的笑。

"哈哈哈！"酒店里的人也九分[2]得意的笑。

第四章　恋爱的悲剧

有人说：有些胜利者，愿意敌手如虎，如鹰，他才感得胜利的欢喜[3]；假使如羊，如小鸡，他便反觉得胜利的无聊。又有些胜利者，当克服一切之后，看见死的死了，降的降了，"臣诚惶诚恐死罪死罪"，他于是没有了敌人，没有了对手，没有了朋友，只有自己在上，一个，孤另另，凄凉，寂寞，便反而感到了胜利的悲哀。然而我们的阿Q却没有这样乏，他是永远得意的：这或者也是中国精神

1　鲁迅在《帮闲法发隐》中说："开心是自然也开心的。但是，人世却也要完结在这些欢迎开心的开心的人们之中的罢。"

2　他们没有亲自动手摩或拧或捏，是不无遗憾的，所以"九分"得意。

3　鲁迅在《杂感》中写道："勇者愤怒，抽刃向更强者；怯者愤怒，却抽刃向更弱者。不可救药的民族中，一定有许多英雄，专向孩子们瞪眼。"

文明冠于全球的一个证据了。[1]

看哪，他飘飘然的似乎要飞去了！

然而这一次的胜利，却又使他有些异样。他飘飘然的飞了大半天，飘进土谷祠，照例应该躺下便打鼾。谁知道这一晚，他很不容易合眼，他觉得自己的大拇指和第二指有点古怪：仿佛比平常滑腻些。不知道是小尼姑的脸上有一点滑腻的东西粘在他指上，还是他的指头在小尼姑脸上磨得滑腻了？……

"断子绝孙的阿Q！"[2]

阿Q的耳朵里又听到这句话。他想：不错，应该有一个女人，断子绝孙便没有人供一碗饭，……应该有一个女人。夫"不孝有三无后为大"，而"若敖之鬼馁而"[3]，也是一件人生的大哀，所以他那思想，其实是样样合于圣经贤传的，只可惜后来有些"不能收其放心"[4]了。

1　辜鸿铭曾说："深沉、博大和纯朴（deep, broad and simple），此外还有灵敏（delicacy）……只有中国人全面具备了这四种优秀的精神特质。"（《中国人的精神》）鲁迅想必讨厌这类高论，他在给李霁野的信中写道："人们也许承认康有为、辜鸿铭一流人是学者罢。然而他们的思想是这样的，我们要靠他领导时，只向后转。"

2　"断子绝孙"这句咒语，在那个时代意义明了：因为没有家庭，没有子嗣，生前无人照顾；因为没有血缘延续，死后成了孤魂野鬼。有学者认为"小说里对阿Q打击最大，最有影响力的一句话，便是小尼姑诅咒阿Q时所说的……对阿Q的心理发生的效力，却远远超过那些比阿Q更强者对阿Q的精神与肉体的欺凌。下文的"阿Q的耳朵里又听到这句话"不但意味着这句话"从白天到晚上一直萦绕在他的耳边"，而且，"在宗法社会的未庄生活的阿Q，常常听到身边人们这样议论他"。（曹清华《语言与物质：阿Q的生活世界》）

3　"若敖之鬼馁而"，语出《左传·宣公四年》：楚国司马子良（若敖氏）的儿子越椒相貌似虎豹，声音如豺狼，子良的哥哥子文认为越椒长大后会招致灭族之祸，要子良杀死他。子良没有依从。子文临死时说："鬼犹求食，若敖氏之鬼，不其馁而。"意思是若敖氏以后没有子孙供饭，鬼魂要挨饿了。后越椒以若敖氏之族叛，楚灭若敖氏。此处喻无嗣者。

4　"不能收其放心"，语出《尚书·毕命》："虽收放心，闲之惟艰。"意为不能按圣贤的教导达到节制欲望的状态。放心，心无约束的意思。

"女人，女人！……"他想。

"……和尚动得……女人，女人！……女人！"他又想。

我们不能知道这晚上阿Q在什么时候才打鼾。但大约他从此总觉得指头有些滑腻，所以他从此总有些飘飘然；"女……"他想。

即此一端，我们便可以知道女人是害人的东西。[1]

中国的男人，本来大半都可以做圣贤，可惜全被女人毁掉了。商是妲己闹亡的；周是褒姒弄坏的；秦……虽然史无明文，我们也假定他因为女人，大约未必十分错；而董卓可是的确给貂蝉害死了。[2]

阿Q本来也是正人，我们虽然不知道他曾蒙什么明师指授过，但他对于"男女之大防"[3]却历来非常严；也很有排斥异端 —— 如小尼姑及假洋鬼子之类 —— 的正气。他的学说是：凡尼姑，一定与和尚私通；一个女人在外面走，一定想引诱野男人；一男一女在那里讲话，一定要有勾当了。[4]为惩治他们起见，所以他往往怒目而

1　鲁迅《我之节烈观》写道："历史上亡国败家的原因，每每归咎女子。糊糊涂涂的代担全体的罪恶，已经三千多年了。男子既然不负责任，又不能自己反省，自然放心诱惑；文人著作，反将他传为美谈。所以女子身旁，几乎布满了危险。"

2　妲己，殷纣王妃子；褒姒，周幽王妃子；貂蝉是《三国演义》中王允家的歌妓，书中有吕布为争夺她而杀死义父董卓的故事。《史记》中有商因妲己而亡、周因褒姒而衰的记载。鲁迅借此讽刺把历史上亡国败家归罪于妇女的谬论。

3　男女之大防：指封建礼教对男女之间所规定的严格界限。山东军政首脑张宗昌"维持风化"的时候，明令禁止女学生往游艺场和公园。鲁迅讽刺说："钻进山东，连自己也数不清金钱和兵丁和姨太太的数目了的张宗昌将军，则重刻了《十三经》，而且把圣道看作可以由肉体关系来传染的花柳病一样的东西，拿一个孔子后裔的谁来做了自己的女婿。"（《在现代中国的孔夫子》）

4　阿Q的这种学说在中国社会上很有影响力。鲁迅在《小杂感》一文中描绘其极致状态道："一见短袖子，立刻想到白臂膊，立刻想到全裸体，立刻想到生殖器，立刻想到性交，立刻想到杂交，立刻想到私生子。中国人的想象惟在这一层能够如此跃进。"

视，或者大声说几句"诛心"[1]话，或者在冷僻处，便从后面掷一块小石头。

谁知道他将到"而立"之年，竟被小尼姑害得飘飘然了。这飘飘然的精神，在礼教上是不应该有的，——所以女人真可恶，假使小尼姑的脸上不滑腻，阿Q便不至于被蛊，又假使小尼姑的脸上盖一层布，阿Q便也不至于被蛊了，——他五六年前，曾在戏台下的人丛中拧过一个女人的大腿，但因为隔一层裤，所以此后并不飘飘然，——而小尼姑并不然，这也足见异端之可恶。

"女……"阿Q想。

他对于以为"一定想引诱野男人"的女人，时常留心看，然而伊并不对他笑。他对于和他讲话的女人，也时常留心听，然而伊又并不提起关于什么勾当的话来。哦，这也是女人可恶之一节：伊们全都要装"假正经"的。

这一天，阿Q在赵太爷家里舂了一天米，吃过晚饭，便坐在厨房里吸旱烟。倘在别家，吃过晚饭本可以回去的了，但赵府上晚饭早，虽说定例不准掌灯[2]，一吃完便睡觉，然而偶然也有一些例外：其一，是赵大爷未进秀才的时候，准其点灯读文章；其二，便是阿Q来做短工的时候，准其点灯舂米。因为这一条例外，所以阿Q在动

1　诛心，指不问实际情形如何而主观地推究别人的居心。

2　周建人在《鲁迅故家的败落》中记述，周家也很"勤俭节约"："我祖父……说，那是结婚不久的一个晚上，他和孙夫人在房里谈天，点了油灯。他母亲拿着一把长柄芭蕉扇，上楼来说：'天这么晚了，好睡觉了！点着灯干什么，又不看书，还是省省吧！'说罢，拿起芭蕉扇，'呼'地把油灯扇灭，才下楼去。"节俭是农业社会的美德，《风波》里的七斤回家晚，被七斤嫂骂了一顿，"你这死……"，农家习惯，夏天吃饭一般不点灯，无故回家太迟，是要挨骂的。

手春米之前，还坐在厨房里吸旱烟。

吴妈，是赵太爷家里唯一的女仆，洗完了碗碟，也就在长凳上坐下了，而且和阿Q谈闲天：

"太太两天没有吃饭哩，因为老爷要买一个小的……"[1]

"女人……吴妈……这小孤孀……"阿Q想。

"我们的少奶奶是八月里要生孩子了……"

"女人……"阿Q想。

阿Q放下烟管，站了起来。

"我们的少奶奶……"吴妈还唠叨说。

"我和你困觉，我和你困觉！"阿Q忽然抢上去，对伊跪下了。

一刹时中很寂然。

"阿呀！"吴妈楞了一息，突然发抖，大叫着往外跑，且跑且嚷，似乎后来带哭了。

阿Q对了墙壁跪着也发楞，于是两手扶着空板凳，慢慢的站起来，仿佛觉得有些糟。他这时确也有些忐忑了，慌张的将烟管插在裤带上，就想去春米。蓬的一声，头上着了很粗的一下，他急忙回转身去，那秀才便拿了一支大竹杠站在他面前。

"你反了，……你这……"

大竹杠又向他劈下来了。阿Q两手去抱头，拍的正打在指节上，

1　鲁迅在《我之节烈观》中批评中国是"女应守节男子却可多妻的社会"。

这可很有一些痛。他冲出厨房门，仿佛背上又着了一下似的。[1]

"忘八蛋！"[2]秀才在后面用了官话这样骂。

阿Q奔入舂米场，一个人站着，还觉得指头痛，还记得"忘八蛋"，因为这话是未庄的乡下人从来不用，专是见过官府的阔人用的，所以格外怕，而印象也格外深。但这时，他那"女……"的思想却也没有了。而且打骂之后，似乎一件事也已经收束，倒反觉得一无挂碍似的，便动手去舂米。舂了一会，他热起来了，又歇了手脱衣服。

脱下衣服的时候，他听得外面很热闹，阿Q生平本来最爱看热闹，便即寻声走出去了。寻声渐渐的寻到赵太爷的内院里，虽然在昏黄中，却辨得出许多人，赵府一家连两日不吃饭的太太也在内，还有间壁的邹七嫂，真正本家的赵白眼，赵司晨。

少奶奶正拖着吴妈走出下房来，一面说：

"你到外面来，……不要躲在自己房里想……"

"谁不知道你正经，……短见是万万寻不得的。"邹七嫂也从旁说。

吴妈只是哭，夹些话，却不甚听得分明。

阿Q想："哼，有趣，这小孤孀不知道闹着什么玩意儿了？"他想打听，走近赵司晨的身边。这时他猛然间看见赵大爷向他奔来，

1　新加坡学者郑子瑜认为，对此场景，欧美人"会发生这样的疑问：'男用人向女用人求爱，女用人不答应，也就罢了，这和主人有什么关系？为什么主人却要打他？怎么可以打他呢？'但是中国的读者却可以不言而喻，而且以为打他也是应该的"。

2　忘八蛋："忘八德"的谐音，意为忘了"孝、悌、忠、信、礼、义、廉、耻"。

而且手里捏着一支大竹杠。他看见这一支大竹杠，便猛然间悟到自己曾经被打，和这一场热闹似乎有点相关。他翻身便走，想逃回春米场，不图这支竹杠阻了他的去路，于是他又翻身便走，自然而然的走出后门，不多工夫，已在土谷祠内了。

阿Q坐了一会，皮肤有些起粟[1]，他觉得冷了，因为虽在春季，而夜间颇有余寒，尚不宜于赤膊。他也记得布衫留在赵家，但倘若去取，又深怕秀才的竹杠。然而地保进来了。

"阿Q，你的妈妈的[2]！你连赵家的用人都调戏起来，简直是造反。害得我晚上没有觉睡，你的妈妈的！……"

如是云云的教训了一通，阿Q自然没有话。临末，因为在晚上，应该送地保加倍酒钱四百文，阿Q正没有现钱，便用一顶毡帽[3]做抵押，并且订定了五条件：

一　明天用红烛——要一斤重的——一对，香一封，到赵府上去赔罪。[4]

二　赵府上请道士祓除缢鬼[5]，费用由阿Q负担。

三　阿Q从此不准踏进赵府的门槛。

四　吴妈此后倘有不测，惟阿Q是问。

1　起粟：起鸡皮疙瘩。鲁迅为日文译者解释说："皮肤上起小疙瘩（有毛骨悚然的感觉）。"

2　"国骂"出现了，参见《风波》"入娘的！"注释。

3　毡帽：绍兴及其周边地区的一种帽饰。鲁迅在《寄〈戏〉周刊编者信》中介绍："只要在头上戴上一顶瓜皮小帽，就失去了阿Q，我记得我给他戴的是毡帽。这是一种黑色的，半圆形的东西，将那帽边翻起一寸多，戴在头上的；上海的乡下，恐怕也还有人戴。"

4　当地风俗，赔罪须用香烛，有时可能要亲自到人家府上去磕头。

5　祓除缢鬼：因吴妈表现出自尽的意图，赵府担心有吊死鬼来"讨替代"，牵连赵府，便未雨绸缪，让地保与阿Q订立条约，预算了请道士祓除缢鬼的费用。但这一仪式并未举行。

"猛然间看见赵大爷向他奔来，而且
手里捏着一支大竹杠"（刘建庵 作）

五　阿Q不准再去索取工钱和布衫。

阿Q自然都答应了，可惜没有钱。幸而已经春天，棉被可以无用，便质了二千大钱，履行条约。赤膊磕头之后，居然还剩几文，他也不再赎毡帽，统统喝了酒了。但赵家也并不烧香点烛，因为太太拜佛的时候可以用，留着了。那破布衫是大半做了少奶奶八月间生下来的孩子的衬尿布，那小半破烂的便都做了吴妈的鞋底。

第五章　生计问题[1]

阿Q礼毕之后，仍旧回到土谷祠，太阳下去了，渐渐觉得世上有些古怪。他仔细一想，终于省悟过来：其原因盖在自己的赤膊。他记得破夹袄还在，便披在身上，躺倒了，待张开眼睛，原来太阳又已经照在西墙上头了。他坐起身，一面说道，"妈妈的……"

他起来之后，也仍旧在街上逛，虽然不比赤膊之有切肤之痛，却又渐渐的觉得世上有些古怪了。仿佛从这一天起，未庄的女人们忽然都怕了羞，伊们一见阿Q走来，便个个躲进门里去。甚而至于将近五十岁的邹七嫂，也跟着别人乱钻[2]，而且将十一岁的女儿都叫进去了。阿Q很以为奇，而且想："这些东西忽然都学起小姐模样来了。这娼妇们……"

但他更觉得世上有些古怪，却是许多日以后的事。其一，酒店不肯赊欠了；其二，管土谷祠的老头子说些废话，似乎叫他走；其三，他虽然记不清多少日，但确乎有许多日，没有一个人来叫他做短工。酒店不赊，熬着也罢了；老头子催他走，噜苏一通也就算了；只是没有人来叫他做短工，却使阿Q肚子饿：这委实是一件非常"妈妈的"的事情。

阿Q忍不下去了，他只好到老主顾的家里去探问，——但独不

1　"生计""问题"，都是"列传"规格的大词，和前面的"优胜""悲剧"，后面的"中兴"等形成一个体系，以体现"不朽"的宗旨。

2　章廷谦说鲁迅注意吸收方言和古语，并举《正传》中的例子："'邹七嫂，也跟着别人乱钻'和'酒店不赊，熬着也罢了'中的'钻'和'熬'来说，便都是属于绍兴话的范围的，用在这里显得都很合适，不露痕迹。"（川岛《当鲁迅先生写〈阿Q正传〉的时候》）

许踏进赵府的门槛，——然而情形也异样：一定走出一个男人来，现了十分烦厌的相貌，像回复乞丐一般的摇手道：

"没有没有！你出去！"

阿Q愈觉得稀奇了。他想，这些人家向来少不了要帮忙，不至于现在忽然都无事，这总该有些蹊跷在里面了。他留心打听，才知道他们有事都去叫小Don[1]。这小D，是一个穷小子，又瘦又乏，在阿Q的眼睛里，位置是在王胡之下的，谁料这小子竟谋了他的饭碗去。所以阿Q这一气，更与平常不同，当气愤愤的走着的时候，忽然将手一扬，喝道：

"我手执钢鞭将你打！[2]……"

几天之后，他竟在钱府的照壁前遇见了小D。"仇人相见分外眼明"，阿Q便迎上去，小D也站住了。

"畜生！"阿Q怒目而视的说，嘴角上飞出唾沫来。

"我是虫豸，好么？……"小D说。

这谦逊反使阿Q更加愤怒起来，但他手里没有钢鞭，于是只得扑上去，伸手去拔小D的辫子。小D一手护住了自己的辫根，一手也来拔阿Q的辫子，阿Q便也将空着的一只手护住了自己的辫根。从先前的阿Q看来，小D本来是不足齿数的，但他近来挨了饿，又

1　"小D"正好与"阿Q"对应，作者似在故意招惹茂才公：你反对陈独秀提倡洋字，我偏要用——我是陈司令麾下一员干将。

2　我手执钢鞭将你打！：这一句及下文的"悔不该，酒醉错斩了郑贤弟"，都是绍兴地方戏《龙虎斗》中的唱词。《龙虎斗》演的是宋太祖赵匡胤屈斩呼延赞，和呼延赞之子交战的故事。郑贤弟指郑子明，是一员猛将，也是赵匡胤的义弟。赵匡胤被敌人击败时，感慨地唱了这句词，后悔误斩郑姓义弟，以致削弱了自己的力量。

瘦又乏已经不下于小D，所以便成了势均力敌的现象，四只手拔着两颗头，都弯了腰，在钱家粉墙上映出一个蓝色的虹形，至于半点钟之久了。

"好了，好了！"看的人们说，大约是解劝的。[1]

"好，好！"看的人们说，不知道是解劝，是颂扬，还是煽动。

然而他们都不听。阿Q进三步，小D便退三步，都站着；小D进三步，阿Q便退三步，又都站着。大约半点钟，——未庄少有自鸣钟，所以很难说，或者二十分，——他们的头发里便都冒烟，额上便都流汗，阿Q的手放松了，在同一瞬间，小D的手也正放松了，同时直起，同时退开，都挤出人丛去。

"记着罢，妈妈的……"阿Q回过头去说。

"妈妈的，记着罢……"小D也回过头来说。[2]

这一场"龙虎斗"似乎并无胜败，也不知道看的人可满足，都没有发什么议论，而阿Q却仍然没有人来叫他做短工。

有一日很温和，微风拂拂的颇有些夏意了，阿Q却觉得寒冷起来，但这还可担当，第一倒是肚子饿。棉被，毡帽，布衫，早已没有了，其次就卖了棉袄；现在有裤子，却万不可脱的；有破夹袄，又除了送人做鞋底之外，决定卖不出钱。他早想在路上拾得一注钱，

1　周作人解释说："旁观的人叫好，这一件事也有所本，却是出在杭州。那里有乡下人劝止吵架，土话应说'好哉好哉'，官话应说'好啦好啦'，他却莫知适从，只大声道：'好，好！'听去好像是在叫好，在鼓励他们吵下去哩。至于实际上叫好，那些幸灾乐祸的人也并不是没有，但那又是另一回事了。"（《人物》）

2　鲁迅在《辱骂和恐吓决不是战斗》中将此法称为"'阿Q'式的战法"。两人相打后，败的一方往往还要恐吓敌手，以显示其精神上不甘失败，保留复仇的机会和权利。

"龙虎斗"（刘建庵 作）

但至今还没有见；他想在自己的破屋里忽然寻到一注钱，慌张的四顾，但屋内是空虚而且了然。于是他决计出门求食去了。

他在路上走着要"求食"，看见熟识的酒店，看见熟识的馒头，但他都走过了，不但没有暂停，而且并不想要。他所求的不是这类东西了[1]；他求的是什么东西，他自己不知道。

未庄本不是大村镇，不多时便走尽了。村外多是水田，满眼是新秧的嫩绿，夹着几个圆形的活动的黑点，便是耕田的农夫。阿Q并不赏鉴这田家乐[2]，却只是走，因为他直觉的知道这与他的"求食"

1　阿Q所求的不是这类东西了：因为这类东西都在店里，须用钱买，而他已经没有了钱。
2　参见鲁迅在小说《风波》开头描写的"田家乐"。

之道是很辽远的。但他终于走到静修庵的墙外了。[1]

庵周围也是水田，粉墙突出在新绿里，后面的低土墙里是菜园。阿Q迟疑了一会，四面一看，并没有人。他便爬上这矮墙去，扯着何首乌藤[2]，但泥土仍然簌簌的掉，阿Q的脚也索索的抖；终于攀着桑树枝，跳到里面了。里面真是郁郁葱葱，但似乎并没有黄酒馒头，以及此外可吃的之类。靠西墙是竹丛，下面许多笋，只可惜都是并未煮熟的，还有油菜早经结子，芥菜已将开花，小白菜也很老了。

阿Q仿佛文童落第[3]似的觉得很冤屈，他慢慢走近园门去，忽而非常惊喜了，这分明是一畦老萝卜[4]。他于是蹲下便拔，而门口突然伸出一个很圆的头来，又即缩回去了，这分明是小尼姑。小尼姑之流是阿Q本来视若草芥的，但世事须"退一步想"，所以他便赶紧拔起四个萝卜，拧下青叶，兜在大襟里。然而老尼姑已经出来了。

"阿弥陀佛，阿Q，你怎么跳进园里来偷萝卜！……阿呀，罪过呵，阿唷，阿弥陀佛！……"

"我什么时候跳进你的园里来偷萝卜？"阿Q且看且走的说。

"现在……这不是？"老尼姑指着他的衣兜。

1　周作人解释这个情节道："尼姑要比老百姓以至闲人好欺侮得多，他的直觉的到庵里来正不是偶然的。"

2　传说人形何首乌是上好药材。鲁迅小时候为寻找何首乌在百草园里挖墙根："我于是常常拔它起来，牵连不断地拔起来，也曾因此弄坏了泥墙，却从来没有见过一块根像人样的。"他还幽默地说，自己之所以被大人送去三味书屋，一个原因就是这样淘气损坏了泥墙。

3　落第：科举考试不中。

4　周作人认为此处关于萝卜的描写存在时令错乱："在阴历四五月中乡下照例是没有萝卜的。"（《人物》）

"这是你的？你能叫得他答应你么？你……"

阿Q没有说完话，拔步便跑；追来的是一匹很肥大的黑狗。这本来在前门的，不知怎的到后园来了。黑狗哼而且追，已经要咬着阿Q的腿，幸而从衣兜里落下一个萝卜来，那狗给一吓，略略一停，阿Q已经爬上桑树，跨到土墙，连人和萝卜都滚出墙外面了。只剩着黑狗还在对着桑树嗥，老尼姑念着佛。

阿Q怕尼姑又放出黑狗来，拾起萝卜便走，沿路又检了几块小石头，但黑狗却并不再出现。阿Q于是抛了石块，一面走一面吃，而且想道，这里也没有什么东西寻，不如进城去……

待三个萝卜吃完时，他已经打定了进城的主意了。

第六章　从中兴到末路[1]

在未庄再看见阿Q出现的时候，是刚过了这年的中秋。人们都好惊异，说是阿Q回来了，于是又回上去想道，他先前那里去了呢？[2]阿Q前几回的上城，大抵早就兴高采烈的对人说，但这一次却

1　"中兴"是一个堂皇大词，有东山再起之意。鲁迅家族曾经辉煌，如他的祖父写的《恒训》中所述，但因太平军难衰败。祖父周福清中了进士，钦点翰林院庶吉士，本有中兴希望，但其因科场贿赂案差一点儿丢了性命，家道更陷入困顿。鲁迅兄弟留学回国后做到政府官员和大学教授，在北京八道湾购置了三进的四合院，实现大家庭聚居，说是周家"中兴"或"复兴"，不算过分。鲁迅正是在这所大宅院里，创作了《阿Q正传》。

2　未庄的人们已经把阿Q忘掉了。阿Q上城的经过，本章的开头并不提，却以"倒叙"的笔法将他回到未庄后的情形叙述详尽，让读者惊异、猜测，逐渐明白阿Q在城里所从事的"伟业"。

并不，所以也没有一个人留心到。他或者也曾告诉过管土谷祠的老头子，然而未庄老例，只有赵太爷钱太爷和秀才大爷上城才算一件事。假洋鬼子尚且不足数，何况是阿Q：因此老头子也就不替他宣传，而未庄的社会上也就无从知道了。

但阿Q这回的回来，却与先前大不同，确乎很值得惊异。天色将黑，他睡眼蒙胧的在酒店门前出现了，他走近柜台，从腰间伸出手来，满把是银的和铜的[1]，在柜上一扔说，"现钱！打酒来！"穿的是新夹袄，看去腰间还挂着一个大搭连，沉钿钿的将裤带坠成了很弯很弯的弧线。未庄老例，看见略有些醒目的人物，是与其慢也宁敬的，现在虽然明知道是阿Q，但因为和破夹袄的阿Q有些两样了，古人云，"士别三日便当刮目相待"[2]，所以堂倌，掌柜，酒客，路人，便自然显出一种疑而且敬的形态来。掌柜既先之以点头，又继之以谈话：

"嚄，阿Q，你回来了！"

"回来了。"

"发财发财，你是 —— 在……"

"上城去了！"

这一件新闻，第二天便传遍了全未庄。人人都愿意知道现钱和新夹袄的阿Q的中兴史，所以在酒店里，茶馆里，庙檐下，便渐渐

1　辛亥革命前后中国社会的货币单位组成比较复杂，鲁迅笔下便有"三百大钱九二串""鹰洋""中交票"。孔乙己谋生乏术，手头拮据，用钱极为仔细，故一个一个地"排"出九文钱；阿Q完成"中兴大业"，财大气粗，满把"银的铜的"。

2　语出《三国志·吴书·吕蒙传》裴松之注："士别三日，即更刮目相待。"刮目，拭目的意思。

的探听出来了。这结果，是阿Q得了新敬畏。[1]

据阿Q说，他是在举人老爷家里帮忙。这一节，听的人都肃然了。这老爷本姓白，但因为合城里只有他一个举人，所以不必再冠姓，说起举人来就是他。这也不独在未庄是如此，便是一百里方圆之内也都如此，人们几乎多以为他的姓名就叫举人老爷的了。在这人的府上帮忙，那当然是可敬的。但据阿Q又说，他却不高兴再帮忙了，因为这举人老爷实在太"妈妈的"了。这一节，听的人都叹息而且快意，因为阿Q本不配在举人老爷家里帮忙，而不帮忙是可惜的。

据阿Q说，他的回来，似乎也由于不满意城里人，这就在他们将长凳称为条凳，而且煎鱼用葱丝，加以最近观察所得的缺点，是女人的走路也扭得不很好。然而也偶有大可佩服的地方，即如未庄的乡下人不过打三十二张的竹牌[2]，只有假洋鬼子能够叉"麻酱"[3]，城里却连小乌龟子都叉得精熟的。什么假洋鬼子，只要放在城里的十几岁的小乌龟子的手里，也就立刻是"小鬼见阎王"。[4]这一节，听的人都赧然了。

"你们可看见过杀头么？"阿Q说，"咳，好看。杀革命党。唉，好看好看，……"他摇摇头，将唾沫飞在正对面的赵司晨的脸上。这一节，听的人都凛然了。但阿Q又四面一看，忽然扬起右手，照

1　第三章"阿Q说是赵太爷的本家，虽然挨了打，大家也还怕有些真，总不如尊敬一些稳当"。这一回阿Q从城里回来，又得到村民的敬畏，所以说是"新"。

2　三十二张的竹牌：旧时民间的一种赌具。

3　叉"麻酱"：叉麻将的讹音。

4　乡下人进城回来，喜欢向人夸耀见闻，这也是一种阿Q相。扩大之，出洋公干者或留学生回来作外国考察报告。

着伸长脖子听得出神的王胡的后项窝上直劈下去道：

"嚓！"

王胡惊得一跳，同时电光石火似的赶快缩了头，而听的人又都悚然而且欣然了。从此王胡瘟头瘟脑的许多日，并且再不敢走近阿Q的身边；别的人也一样。

阿Q这时在未庄人眼睛里的地位，虽不敢说超过赵太爷，但谓之差不多，大约也就没有什么语病的了。

然而不多久，这阿Q的大名忽又传遍了未庄的闺中。虽然未庄只有钱赵两姓是大屋，此外十之九都是浅闺，但闺中究竟是闺中，所以也算得一件神异。女人们见面时一定说，邹七嫂在阿Q那里买了一条蓝绸裙，旧固然是旧的，但只化了九角钱。还有赵白眼的母亲，——一说是赵司晨的母亲，待考，[1]——也买了一件孩子穿的大红洋纱衫，七成新，只用三百大钱九二串[2]。于是伊们都眼巴巴的想见阿Q，缺绸裙的想问他买绸裙，要洋纱衫的想问他买洋纱衫，不但见了不逃避，有时阿Q已经走过了，也还要追上去叫住他，问道：

"阿Q，你还有绸裙么？没有？纱衫也要的，有罢？"

后来这终于从浅闺传进深闺里去了。因为邹七嫂得意之余，将伊的绸裙请赵太太去鉴赏，赵太太又告诉了赵太爷而且着实恭维了一番。赵太爷便在晚饭桌上，和秀才大爷讨论，以为阿Q实在有些

1　这里故意模仿学者做考据文章的笔法，开一点儿玩笑。

2　鲁迅在《〈阿Q正传〉的成因》及在跟几位外文翻译者交流时解释过"三百大钱九二串"是"三百大钱，以九十二文作为一百"。旧时铜钱中有方孔，可用绳子串在一起，每千枚（或每枚"当十"的大钱一百枚）为一串，称作一吊，但实际上常不足数。但这币制实在太具有中国特色，很让外文译者为难。

古怪，我们门窗应该小心些；但他的东西，不知道可还有什么可买，也许有点好东西罢。加以赵太太也正想买一件价廉物美的皮背心。于是家族决议[1]，便托邹七嫂即刻去寻阿Q，而且为此新辟了第三种的例外：这晚上也姑且特准点油灯。

油灯干了不少了，阿Q还不到。赵府的全眷都很焦急，打着呵欠，或恨阿Q太飘忽，或怨邹七嫂不上紧。赵太太还怕他因为春天的条件不敢来，而赵太爷以为不足虑：因为这是"我"去叫他的。[2]果然，到底赵太爷有见识，阿Q终于跟着邹七嫂进来了。

"他只说没有没有，我说你自己当面说去，他还要说，我说……"邹七嫂气喘吁吁的走着说。

"太爷！"阿Q似笑非笑的叫了一声，在檐下站住了。

"阿Q，听说你在外面发财，"赵太爷踱开去，眼睛打量着他的全身，一面说。"那很好，那很好的。这个，……听说你有些旧东西，……可以都拿来看一看，……这也并不是别的，因为我倒要……"

"我对邹七嫂说过了。都完了。"

"完了？"赵太爷不觉失声的说，"那里会完得这样快呢？"

"那是朋友的，本来不多。他们买了些，……"

1　未庄虽是小村子，却也是中国社会的缩影。鲁迅常常大词小用，是必要而且自然的，不能简单地视为"夸张"。这里的家庭会议用了"决议"一词，就很郑重，很把中兴期的阿Q当回事。鲁迅在《什么是"讽刺"？——答文学社问》中说："有意的偏要提出这等事，而且加以精炼，甚至于夸张，却确是讽刺的本领。"

2　鲁迅对山上正义解释说：这句话里的"我"字要重读，以显示"我"——赵太爷——是很有权威的。

"总该还有一点罢。"

"现在，只剩了一张门幕了。"

"就拿门幕来看看罢。"赵太太慌忙说。

"那么，明天拿来就是，"赵太爷却不甚热心了。"阿Q，你以后有什么东西的时候，你尽先送来给我们看，……"

"价钱决不会比别家出得少！"秀才说。秀才娘子忙一瞥阿Q的脸，看他感动了没有。

"我要一件皮背心。"赵太太说。

阿Q虽然答应着，却懒洋洋的出去了，也不知道他是否放在心上。这使赵太爷很失望，气愤而且担心，至于停止了打呵欠。秀才对于阿Q的态度也很不平，于是说，这忘八蛋要提防，或者竟不如吩咐地保，不许他住在未庄。但赵太爷以为不然，说这也怕要结怨，况且做这路生意[1]的大概是"老鹰不吃窝下食"，本村倒不必担心的；

1　周作人介绍阿Q的原型，有这样的情节："阿桂虽说是打短工为生，实在还是游手好闲，便用种种方法弄点钱用，其一是做掮客。在民初的一个夏天，看见他在门口走过，两手捧着一只母鸡，大声叫道，谁要买？有人问他，阿桂你这鸡哪里抓来的？他微笑不答。恐怕这鸡倒不一定是偷来的，有些破落的大户人家临时要用钱，随手拿起东西托人去卖，得了几角小洋，便从中拿一角给做酬劳，这是常有的。还有一回我看见他拿了一个铜火锅叫卖，火锅在乡下叫作暖锅，从前大都是用锡做的，宽大厚实，后来有紫铜所做的一种，（本来锡火锅中心放炭火的部分也是用紫铜的，）比较轻便，可是价钱也要便宜得多了。此外当然还卖别的各色东西，虽然我未曾亲见，但是听人说这什么是问阿桂买来的，也是常有的事。""阿桂有一个胞兄，名叫阿有，住在我们一族的大门内西边的大书房里，专门给人舂米，勤苦度日，人很诚实，大家多喜欢用他，主妇们也不叫他阿有，却呼为有老官，以表示客气之意。阿桂穷极无聊，常去找他老兄借钱，有一回老兄不肯再给，他央求着说，这几天实在运气不好，偷不着东西，务必请给一点，得手时即奉还。他哥哥喝道，这叫作什么话，你如不快走，我就要大声告诉人家。他这才急忙逃去，这件事却传扬出来，地方上都知道他是做这一行勾当的。话虽如此，他似乎不曾被破获过，吊了来打，或是送官，戴大枷，可见他的贼运一定很好，但也可能他的自白不很可靠，他原本是乏人，干不来这种事情，只是对他老兄胡扯也未可知，但究竟事实如何，那自然是无可查考了。"（《人物》）至此，读者可以明了阿Q所干的是什么勾当了。

只要自己夜里警醒点就是了。秀才听了这"庭训"[1]，非常之以为然，便即刻撤消了驱逐阿Q的提议，而且叮嘱邹七嫂，请伊万不要向人提起这一段话。

但第二日，邹七嫂便将那蓝裙去染了皂，又将阿Q可疑之点传扬出去了，可是确没有提起秀才要驱逐他这一节。然而这已经于阿Q很不利。最先，地保寻上门了，取了他的门幕去，阿Q说是赵太太要看的，而地保也不还，并且要议定每月的孝敬钱。其次，是村人对于他的敬畏忽而变相了，虽然还不敢来放肆，却很有远避的神情，而这神情和先前的防他来"嚓"的时候又不同，颇混着"敬而远之"的分子了。

只有一班闲人们却还要寻根究底的去探阿Q的底细。阿Q也并不讳饰，傲然的说出他的经验来。从此他们才知道，他不过是一个小脚色，不但不能上墙，并且不能进洞，只站在洞外接东西。有一夜，他刚才接到一个包，正手再进去，不一会，只听得里面大嚷起来，他便赶紧跑，连夜爬出城，逃回未庄来了，从此不敢再去做。然而这故事却于阿Q更不利，村人对于阿Q的"敬而远之"者，本因为怕结怨，谁料他不过是一个不敢再偷的偷儿呢？这实在是"斯亦不足畏也矣"[2]。

1　"庭训"：《论语·季氏》载：孔丘"尝独立，鲤［即孔丘的儿子］趋而过庭"，孔丘要他学"诗"和"礼"。后来就常有人称父亲的教训为"庭训"或"过庭之训"。

2　"斯亦不足畏也矣"，语见《论语·子罕》，意思是，那他就没有什么可以敬畏的了。

"站在洞外接东西"（刘建庵 作）

第七章　革命

　　宣统三年九月十四日[1]——即阿Q将搭连卖给赵白眼的这一天——三更四点，有一只大乌篷船[2]到了赵府上的河埠头[3]。这船从黑魆魆中荡来，乡下人睡得熟，都没有知道；出去时将近黎明，却很有几个看见的了。据探头探脑的调查来的结果，知道那竟是举人老

1　宣统三年九月十四日为阴历，即公元1911年11月4日，是1911年10月10日辛亥革命武昌起义后第25天。具体到阿Q所在的浙江省，辛亥九月十四日民军占领杭州府同时，绍兴府也宣布光复，鲁迅此处书写具体时间，是因为他对这一重要事件记忆清晰。
2　乌篷船，是船篷用黑油油漆过的，故称。旧时绍兴官僚士绅多坐这种船。参看本书《社戏》注释。
3　河埠头，停靠船只的地方。

爷的船!

那船便将大不安载给了未庄,不到正午,全村的人心就很动摇。船的使命,赵家本来是很秘密的,但茶坊酒肆里却都说,革命党要进城,举人老爷到我们乡下来逃难了。惟有邹七嫂不以为然,说那不过是几口破衣箱,举人老爷想来寄存的,却已被赵太爷回复转去。其实举人老爷和赵秀才素不相能,在理本不能有"共患难"的情谊,况且邹七嫂又和赵家是邻居,见闻较为切近,所以大概该是伊对的。

然而谣言很旺盛,说举人老爷虽然似乎没有亲到,却有一封长信,和赵家排了"转折亲"[1]。赵太爷肚里一轮,觉得于他总不会有坏处,便将箱子留下了,现就塞在太太的床底下。至于革命党,有的说是便在这一夜进了城,个个白盔白甲:穿着崇正皇帝的素[2]。

阿Q的耳朵里,本来早听到过革命党这一句话,今年又亲眼见过杀掉革命党。但他有一种不知从那里来的意见,以为革命党便是造反,造反便是与他为难,所以一向是"深恶而痛绝之"的。[3]殊不料这却使百里闻名的举人老爷有这样怕,于是他未免也有些"神往"了,况且未庄的一群鸟男女的慌张的神情,也使阿Q更快意。

1　转折亲,指亲戚的亲戚,即远亲,绍兴也称"瓜葛亲"。

2　崇正,崇祯的讹称。崇祯是明思宗(朱由检)的年号。明亡于清,后来有些汉族农民起义部队,打着"反清复明"旗号,直到清末,民间还认为革命军是在替崇祯皇帝报仇。

3　民国十三年(1924年)3月,孙中山在广州发表《三民主义》演讲,说:"三十年前,我们革命同志便下了决心,主张要中国强盛,便非实行革命,提倡民权不可。但是当时谈起这种主张,许多中国人都反对。"

"革命也好罢，"阿Q想，"革这伙妈妈的命，太可恶！太可恨！……便是我，也要投降革命党了。"[1]

阿Q近来用度窘，大约略略有些不平；加以午间喝了两碗空肚酒，愈加醉得快，一面想一面走，便又飘飘然起来。不知怎么一来，忽而似乎革命党便是自己，未庄人却都是他的俘虏了。他得意之余，禁不住大声的嚷道：

"造反了！造反了！"

未庄人都用了惊惧的眼光对他看。这一种可怜的眼光，是阿Q从来没有见过的，一见之下，又使他舒服得如六月里喝了雪水。他更加高兴的走而且喊道：

"好，……我要什么就是什么，我欢喜谁就是谁。

得得，锵锵！

悔不该，酒醉错斩了郑贤弟，

悔不该，呀呀呀……

得得，锵锵，得，锵令锵！

我手执钢鞭将你打……"

赵府上的两位男人和两个真本家，也正站在大门口论革命。阿Q没有见，昂了头直唱过去。

"得得，……"

1　西谛（郑振铎）曾撰文批评阿Q参加革命的情节："像阿Q那样的一个人，终于要做起革命党来……似乎连作者他自己在最初写作时也是料不到的。至少在人格上似乎是两个。"（《"呐喊"》）鲁迅在《〈阿Q正传〉的成因》中答辩说："……这样地一周一周挨下去，于是乎就不免发生阿Q可要做革命党的问题了。据我的意思，中国倘不革命，阿Q便不做，既然革命，就会做的。我的阿Q的运命，也只能如此，人格也恐怕并不是两个。民国元年已经过去，无可追踪了，但此后倘再有改革，我相信还会有阿Q似的革命党出现。"

"老Q，"赵太爷怯怯的迎着低声的叫。

"锵锵，"阿Q料不到他的名字会和"老"字联结起来，以为是一句别的话，与己无干，只是唱。"得，锵，锵令锵，锵！"

"老Q。"

"悔不该……"

"阿Q！"秀才只得直呼其名了。

阿Q这才站住，歪着头问道，"什么？"

"老Q，……现在……"赵太爷却又没有话，"现在……发财么？"

"发财？自然。要什么就是什么……"

"阿……Q哥，像我们这样穷朋友是不要紧的……"赵白眼惴惴的说，似乎想探革命党的口风。[1]

"穷朋友？你总比我有钱。"阿Q说着自去了。

大家都怃然，没有话。赵太爷父子回家，晚上商量到点灯。赵白眼回家，便从腰间扯下搭连来，交给他女人藏在箱底里。

阿Q飘飘然的飞了一通，回到土谷祠，酒已经醒透了。这晚上，管祠的老头子也意外的和气，请他喝茶；阿Q便向他要了两个饼，吃完之后，又要了一支点过的四两烛和一个树烛台，点起来，独自躺在自己的小屋里。他说不出的新鲜而且高兴，烛火像元夜似的闪

1　赵白眼竟害怕得他"阿Q哥"了，更可见人们畏惧暴虐的心理。鲁迅在《关于中国的两三件事》中指出："倘有火灾，则被灾的和邻近的没有被灾的人们，都要祭火神，以表感谢之意。被了灾还要来表感谢之意，虽然未免有些出于意外，但若不祭，据说第二回还会烧，所以还是感谢了的安全。而且也不但对于火神，就是对于人，有时也一样的这么办，我想，大约也是礼仪的一种罢。"

闪的跳，他的思想[1]也迸跳起来了：

"造反？有趣，……来了一阵白盔白甲的革命党，都拿着板刀，钢鞭，炸弹，洋炮，三尖两刃刀，钩镰枪，走过土谷祠，叫道，'阿Q！同去同去！'于是一同去。……

"这时未庄的一伙鸟男女才好笑哩，跪下叫道，'阿Q，饶命！'谁听他！第一个该死的是小D和赵太爷，还有秀才，还有假洋鬼子，……留几条么？王胡本来还可留，但也不要了。……

"东西，……直走进去打开箱子来：元宝，洋钱，洋纱衫，……秀才娘子的一张宁式床[2]先搬到土谷祠，此外便摆了钱家的桌椅，——或者也就用赵家的罢。自己是不动手的了，叫小D来搬，要搬得快，搬得不快打嘴巴。……

"赵司晨的妹子真丑。邹七嫂的女儿过几年再说。假洋鬼子的老婆会和没有辫子的男人睡觉，吓，不是好东西！秀才的老婆是眼胞上有疤的。[3]……吴妈长久不见了，不知道在那里，——可惜脚太大。"[4]

阿Q没有想得十分停当，已经发了鼾声，四两烛还只点去了小

1　至此，阿Q想做革命党的动机和目的都很明了。他对"革命"的理解和实践前后一贯，的确如鲁迅所说，他的革命人格不是"两个"。

2　宁式床：浙江宁波一带制作的一种比较讲究的床。鲁迅特别叮嘱日文翻译者山上正义："不是南京床。"

3　中国的奴仆，对于主人，是严守"尊卑有别"规矩的。阿Q先前是赵府的佣人，所以他想女人，只敢想那同是下人的吴妈，不敢僭越。现在他以为"革命党便是自己，未庄人却都是他的俘虏"，所以也就可以往秀才娘子身上想想了。

4　鲁迅在《由中国女人的脚，推定中国人之非中庸，又由此推定孔夫子有胃病》一文中对中国的缠足恶俗加以抨击道："我中华民族虽然常常的自命为'中庸'，行'中庸'的人民，其实是颇不免于过激的……而女人的脚尤其是一个铁证，不小则已，小则必求其三寸，宁可走不成路，摆摆摇摇。"

半寸，红焰焰的光照着他张开的嘴。

"荷荷！"阿Q忽而大叫起来，抬了头仓皇的四顾，待到看见四两烛，却又倒头睡去了。

第二天他起得很迟，走出街上看时，样样都照旧。他也仍然肚饿，他想着，想不起什么来；但他忽而似乎有了主意了，慢慢的跨开步，有意无意的走到静修庵。

庵和春天时节一样静，白的墙壁和漆黑的门。他想了一想，前去打门，一只狗在里面叫。他急急拾了几块断砖，再上去较为用力的打，打到黑门上生出许多麻点的时候，才听得有人来开门。

阿Q连忙捏好砖头，摆开马步，准备和黑狗来开战。但庵门只开了一条缝，并无黑狗从中冲出，望进去只有一个老尼姑。

"你又来什么事？"伊大吃一惊的说。

"革命了……你知道？……"阿Q说得很含胡。

"革命革命，革过一革的，……你们要革得我们怎么样呢？"老尼姑两眼通红的说。

"什么？……"阿Q诧异了。

"你不知道，他们已经来革过了！"

"谁？……"阿Q更其诧异了。

"那秀才和洋鬼子！"

阿Q很出意外，不由的一错愕；老尼姑见他失了锐气，便飞速的关了门，阿Q再推时，牢不可开，再打时，没有回答了。

那还是上午的事。赵秀才消息灵，一知道革命党已在夜间进城，便将辫子盘在顶上，一早去拜访那历来也不相能的钱洋鬼子。

这是"咸与维新"[1]的时候了,所以他们便谈得很投机,立刻成了情投意合的同志,也相约去革命。[2]他们想而又想,才想出静修庵里有一块"皇帝万岁万万岁"的龙牌,是应该赶紧革掉的,于是又立刻同到庵里去革命。因为老尼姑来阻挡,说了三句话,他们便将伊当作满政府,在头上很给了不少的棍子和栗凿[3]。尼姑待他们走后,定了神来检点,龙牌[4]固然已经碎在地上了,而且又不见了观音娘娘座前的一个宣德炉[5]。

这事阿Q后来才知道。他颇悔自己睡着,但也深怪他们不来招呼他。他又退一步想道:

"难道他们还没有知道我已经投降了革命党么?"

第八章　不准革命

未庄的人心日见其安静了。据传来的消息,知道革命党虽然进了城,倒还没有什么大异样。知县大老爷还是原官,不过改称了

1　"咸与维新",语出《尚书·胤征》:"旧染污俗,咸与维新。"原意是对一切受恶习影响的人都给以弃旧从新的机会。这里指辛亥革命时革命派对反对势力妥协,各种势力乘此投机的现象。

2　鲁迅在《补白》中说:"谁说中国人不善于改变呢?每一新事物进来,起初虽然排斥,但看到有些可靠,就自然会改变。"

3　用食指和中指的骨节屈起扣打对方的脑袋,绍兴人叫"吃栗凿"或"吃栗子块"。

4　鲁迅对山上正义解释说:"龙牌,以木板制成,四边刻有龙的饰纹,供于佛前,高一尺五寸许。"

5　宣德炉:明宣宗宣德年间(1426—1435)制造的一种比较名贵的小型铜香炉,炉底有"大明宣德年制"字样。

什么，而且举人老爷也做了什么 —— 这些名目，未庄人都说不明白 —— 官[1]，带兵的也还是先前的老把总[2]。只有一件可怕的事是另有几个不好的革命党夹在里面捣乱，第二天便动手剪辫子，听说那邻村的航船七斤[3]便着了道儿，弄得不像人样子了。但这却还不算大恐怖，因为未庄人本来少上城，即使偶有想进城的，也就立刻变了计，碰不着这危险。阿Q本也想进城去寻他的老朋友，一得这消息，也只得作罢了。

但未庄也不能说是无改革。几天之后，将辫子盘在顶上的逐渐增加起来了，早经说过，最先自然是茂才公，其次便是赵司晨和赵白眼，后来是阿Q。倘在夏天，大家将辫子盘在头顶上或者打一个结，本不算什么稀奇事，但现在是暮秋，所以这"秋行夏令"的情形，在盘辫家不能不说是万分的英断，而在未庄也不能说无关于改革了。

赵司晨脑后空荡荡的走来，看见的人大嚷说，

"嚄，革命党来了！"

阿Q听到了很羡慕。他虽然早知道秀才盘辫的大新闻，但总没有想到自己可以照样做，现在看见赵司晨也如此，才有了学样的意思，定下实行的决心。他用一支竹筷将辫子盘在头顶上，迟疑多时，这才放胆的走去。

1　周作人回忆辛亥革命情势说："一群旧人都拥挤上了台，与清朝不同的便只是少了一根辫子。"（《人物》）

2　把总：清代低级武官。

3　航船七斤：七斤，人名；航船，水乡的一种职业。

他在街上走，人也看他，然而不说什么话，[1]阿Q当初很不快，后来便很不平。他近来很容易闹脾气了；其实他的生活，倒也并不比造反之前反艰难，人见他也客气，店铺也不说要现钱。而阿Q总觉得自己太失意：既然革了命，不应该只是这样的。况且有一回看见小D，愈使他气破肚皮了。

小D也将辫子盘在头顶上了，而且也居然用一支竹筷。阿Q万料不到他也敢这样做，自己也决不准他这样做！小D是什么东西呢？他很想即刻揪住他，拗断他的竹筷，放下他的辫子，并且批他几个嘴巴，聊且惩罚他忘了生辰八字，也敢来做革命党的罪。但他终于饶放了，单是怒目而视的吐一口唾沫道"呸！"

这几日里，进城去的只有一个假洋鬼子。赵秀才本也想靠着寄存箱子的渊源，亲身去拜访举人老爷的，但因为有剪辫的危险，所以也中止了。他写了一封"黄伞格"的信[2]，托假洋鬼子带上城，而且托他给自己绍介绍介，去进自由党。假洋鬼子回来时，向秀才讨还了四块洋钱，秀才便有一块银桃子挂在大襟上了；未庄人都惊

1　人们并不说"豁，革命党来了"之类的话，意为并不把阿Q当回事 —— 但这时候阿Q是很想被别人视为革命党人的了。也意味着盘辫此时在未庄已不算什么先锋行为了，接下来小D也如此，更是证明了这一点。

2　"这是一种专门恭维人的书启，在八行书上每行上边都抬头，下边空着不到底，第四五行写受信人的大号，特别抬高一格，望过去像是一项黄伞，这黄伞是大官出来时所用的，所以兼有颂祷升官的意思。"（《人物》）

黄伞格书信

敬禀者，窃某某前贺
捷禧，泖驰忱于手版，旋蒙
复示，感
优宠而心铭。际兹蟾窟扬辉，倍切蠡湖溯水。恭维
大人望崇骠骑，
令肃貔貅。
饮马东流，
长驱而气吞江月。
卧彪南纪，
广驾而疾扫秋风。
　　——范啸风《代作书启稿》"贺楚军统领江味斋中秋节"

服，说这是柿油党的顶子[1]，抵得一个翰林[2]；赵太爷因此也骤然大阔，远过于他儿子初隽秀才的时候，所以目空一切，见了阿Q，也就很有些不放在眼里了。

阿Q正在不平，又时时刻刻感着冷落，一听得这银桃子的传说，他立即悟出自己之所以冷落的原因了：要革命，单说投降，是不行的；盘上辫子，也不行的；第一着仍然要和革命党去结识。他生平所知道的革命党只有两个，城里的一个早已"嚓"的杀掉了，现在只剩了一个假洋鬼子。他除却赶紧去和假洋鬼子商量之外，再没有别的道路了。

钱府的大门正开着，阿Q便怯怯的蹩[3]进去。他一到里面，很吃了惊，只见假洋鬼子正站在院子的中央，一身乌黑的大约是洋衣，身上也挂着一块银桃子，手里是阿Q曾经领教过的棍子，已经留到一尺多长的辫子都拆开了披在肩背上[4]，蓬头散发的像一个刘海仙[5]。对面挺直的站着赵白眼和三个闲人，正在必恭必敬的听说话。

1　柿油党是"自由党"的谐音。中华民国自由党成立于1912年2月3日，其成员主要分布于江浙一带，由同盟会人员为领袖。该党"以维持社会之自由，扫除共和之障碍"为宗旨，致力扩张民权、振兴实业，宣传议会政治，反对袁世凯的专制统治。《自由党简章》规定，党员入党，须缴徽章费一元，发给桃形银质徽章一枚。党员必须佩戴徽章，如不佩戴即取消党员资格。曾有人运动鲁迅入党，故鲁迅也藏有一枚徽章。

2　翰林：唐代以来皇帝的文学侍从。明、清时代凡进士选入翰林院供职者通称翰林，担任编修国史、起草文件等工作，是一种名望较高的文职官衔。

3　蹩音bi，缓慢侧移，不声不响地行动。瘸腿走路也叫"蹩"。

4　可见假洋鬼子也并不是一个怎么彻底的革命党，回国后好像一直在蓄养头发，革命党进城后，他"都拆开了披在肩背上"。这种既能编辫又能散开披肩的两可状态，是革命时期"脚踩两只船"心态的表现。

5　刘海仙：指五代时的刘海蟾。相传他在终南山修道成仙。流行于民间的他的画像，一般都是披着长发，前额覆有短发。

阿Q轻轻的走近了，站在赵白眼的背后，心里想招呼，却不知道怎么说才好：叫他假洋鬼子固然是不行的了，洋人也不妥，革命党也不妥，或者就应该叫洋先生了罢。

洋先生却没有见他，因为白着眼睛讲得正起劲：

"我是性急的，所以我们见面，我总是说：洪哥[1]！我们动手罢！他却总说道No！——这是洋话，你们不懂的。[2]否则早已成功了。然而这正是他做事小心的地方。他再三再四的请我上湖北，我还没有肯。[3]谁愿意在这小县城里做事情。……"

"唔，……这个……"阿Q候他略停，终于用十二分的勇气开口了，但不知道因为什么，又并不叫他洋先生。

听着说话的四个人都吃惊的回顾他。洋先生也才看见：

"什么？"

"我……"

"出去！"

"我要投……"

"滚出去！"洋先生扬起哭丧棒来了。

赵白眼和闲人们便都吆喝道："先生叫你滚出去，你还不听么！"

1　洪哥，应指黎元洪，原任清朝新军第二十一混成协协统，1911年武昌起义时，被拉出来担任革命军的鄂军都督。他并未参与武昌起义的筹划。假洋鬼子拉大旗做虎皮，攀扯吹嘘，炫己吓人。

2　有人读了洋书，回国后抖出几个洋字，显示自己的出洋经历和广博学识，获得别人的艳羡或敬畏。鲁迅观察到一种"西崽相"："这'相'，是觉得洋人势力，高于群华人，自己懂洋话，近洋人，所以也高于群华人；但自己又系出黄帝，有古文明，深通华情，胜洋鬼子，所以也胜于势力高于群华人的洋人，因此也更胜于还在洋人之下的群华人。"（《"题未定"草》）

3　1911年10月10日，武昌起义成功。故当时标榜自己去首义之地湖北，是为显得自己是革命党中的重要人物。

阿Q将手向头上一遮，不自觉的逃出门外；洋先生倒也没有追。他快跑了六十多步，这才慢慢的走，于是心里便涌起了忧愁：洋先生不准他革命，他再没有别的路；从此决不能望有白盔白甲的人来叫他，他所有的抱负，志向，希望，前程，全被一笔勾销了。至于闲人们传扬开去，给小D王胡等辈笑话，倒是还在其次的事。

他似乎从来没有经验过这样的无聊。他对于自己的盘辫子，仿佛也觉得无意味，要侮蔑[1]；为报仇起见，很想立刻放下辫子来，但也没有竟放。他游到夜间，赊了两碗酒，喝下肚去，渐渐的高兴起来了，思想里才又出现白盔白甲的碎片。

有一天，他照例的混到夜深，待酒店要关门，才踱回土谷祠去。

拍，吧～～！

他忽而听得一种异样的声音，又不是爆竹。阿Q本来是爱看热闹，爱管闲事的，便在暗中直寻过去。似乎前面有些脚步声；他正听，猛然间一个人从对面逃来了。阿Q一看见，便赶紧翻身跟着逃。[2]那人转弯，阿Q也转弯，那人站住了，阿Q也站住。他看后面并无什么，看那人便是小D。

"什么？"阿Q不平起来了。

"赵……赵家遭抢了！"小D气喘吁吁的说。

1　阿Q投靠假洋鬼子，原期望能使自己发达，但目的不达，便"觉得无意味"，而且"要侮蔑"了。但究竟为什么，他却不知道。

2　阿Q本质上当然是附和、盲从的"看客"。鲁迅在《一思而行》中说过："假使有一个人，在路旁吐一口唾沫，自己蹲下去，看着，不久准可以围满一堆人；又假使又有一个人，无端大叫一声，拔步便跑，同时准可以大家都逃散。真不知是'何所闻而来，何所见而去'。"

阿Q的心怦怦的跳了。小D说了便走；阿Q却逃而又停的两三回。[1]但他究竟是做过"这路生意"，格外胆大，于是蹩出路角，仔细的听，似乎有些嚷嚷，又仔细的看，似乎许多白盔白甲的人[2]，络绎的将箱子抬出了，器具抬出了，秀才娘子的宁式床也抬出了，但是不分明，他还想上前，两只脚却没有动。

这一夜没有月，未庄在黑暗里很寂静，寂静到像羲皇[3]时候一般太平。阿Q站着看到自己发烦，也似乎还是先前一样，在那里来来往往的搬，箱子抬出了，器具抬出了，秀才娘子的宁式床也抬出了，……抬得他自己有些不信他的眼睛了。但他决计不再上前，却回到自己的祠里去了。

土谷祠里更漆黑；他关好大门，摸进自己的屋子里。他躺了好一会，这才定了神，而且发出关于自己的思想来：白盔白甲的人明明到了，并不来打招呼，搬了许多好东西，又没有自己的份，——这全是假洋鬼子可恶，不准我造反，否则，这次何至于没有我的份呢？阿Q越想越气，终于禁不住满心痛恨起来，毒毒的点一点头："不准我造反，只准你造反？妈妈的假洋鬼子，——好，你造反！造反是杀头的罪名呵，我总要告一状，看你抓进县里去杀头，[4]——满门抄斩，——嚓！嚓！"

1　逃而又停的两三回，真可谓半惊半喜、亦惊亦喜。不想离开，还想看看。

2　阿Q联想到白盔白甲的人，其实赵家遭抢跟所谓"白盔白甲"的人无关。

3　羲皇：指伏羲氏。传说中我国上古时代的帝王。他的时代过去曾被形容为太平盛世。陶渊明《与子俨等疏》："五六月中，北窗下卧，遇凉风暂至，自谓是羲皇上人。"

4　造反是杀头的罪名，清政府统治下才有的；其时革命党已经进城掌权，自无抓革命党而杀其头之理。阿Q似乎没有想到这一层。

第九章　大团圆[1]

赵家遭抢之后，未庄人大抵很快意而且恐慌，阿Q也很快意而且恐慌。但四天之后，阿Q在半夜里忽被抓进县城里去了。那时恰是暗夜，一队兵，一队团丁，一队警察，五个侦探，悄悄地到了未庄，乘昏暗围住土谷祠，正对门架好机关枪[2]；然而阿Q不冲出。许多时没有动静，把总焦急起来了，悬了二十千的赏，才有两个团丁冒了险，踰垣[3]进去，里应外合，一拥而入，将阿Q抓出来；直待擒出祠外面的机关枪左近，他才有些清醒了。

到进城，已经是正午，阿Q见自己被搀进一所破衙门，转了五六个弯，便推在一间小屋里。他刚刚一跄踉，那用整株的木料做成的栅栏门便跟着他的脚跟阖上了，其余的三面都是墙壁，仔细看时，屋角上还有两个人。

阿Q虽然有些忐忑，却并不很苦闷，因为他那土谷祠里的卧室，

1　鲁迅这样讲述"大团圆"的安排："《阿Q正传》大约做了两个月，我实在很想收束了，但我已经记不大清楚，似乎伏园不赞成，或者是我疑心倘一收束，他会来抗议，所以将'大团圆'藏在心里，而阿Q却已经渐渐向死路上走……"鲁迅故意戏仿章回体小说，将最后一章命名为"大团圆"，但实际上阿Q的"大团圆"是一声枪响，让读者始料不及，这是在讽刺中国旧时的文学。

2　关于这个机关枪的细节，鲁迅在《忽然想到》回答FD君："蒙你赐书，指摘我在《阿Q正传》中写捉拿一个无聊的阿Q而用机关枪，是太远于事理。我当时没有答复你……但我前几天看报章，便又记起了你。报上有一则新闻，大意是学生要到执政府去请愿，而执政府已于事前得知，东门上添了军队，西门上还摆起两架机关枪……夫学生的游行和请愿，由来久矣。他们都是'郁郁乎文哉'，不但绝无炸弹和手枪，并且连九节钢鞭，三尖两刃刀也没有……所以向来就没有闹过乱子的历史。现在可是已经架起机关枪来了，而且有两架！但阿Q的事件却大得多了，他确曾上城偷走东西，未庄也确已出了抢案。"

3　用白话文说就是翻墙。但鲁迅为什么用这么文雅的词呢？因为与"大团圆"有关，可能是想起了著名戏曲《西厢记》的张生翻墙与崔莺莺相会的情节。

也并没有比这间屋子更高明。那两个也仿佛是乡下人，渐渐和他兜搭[1]起来了，一个说是举人老爷要追他祖父欠下来的陈租，一个不知道为了什么事。他们问阿Q，阿Q爽利的答道，"因为我想造反。"[2]

他下半天便又被抓出栅栏门去了，到得大堂，上面坐着一个满头剃得精光的老头子。阿Q疑心他是和尚，但看见下面站着一排兵，两旁又站着十几个长衫人物，也有满头剃得精光像这老头子的，也有将一尺来长的头发披在背后像那假洋鬼子的，都是一脸横肉，怒目而视的看他；他便知道这人一定有些来历，膝关节立刻自然而然的宽松，便跪了下去了。

"站着说！不要跪！"长衫人物都吆喝说。

阿Q虽然似乎懂得，但总觉得站不住，身不由己的蹲了下去，而且终于趁势改为跪下了。

"奴隶性！……"[3]长衫人物又鄙夷似的说，但也没有叫他起来。

"你从实招来罢，免得吃苦。我早都知道了。招了可以放你。"

1　兜搭：搭讪。

2　阿Q还以为他的被捕是因为"想造反"；却不知道此时已经进入民国，是革命党执政了，所以"造反"便是对新政府的反动。

3　奴隶制度在很多国家都曾施行，奴隶性在很多人身上都存在。鲁迅青年时代在日本留学，与同学讨论过中国人奴隶性重的原因之一是两次受异族奴役。后来分析中日两国民族性时也说："日本国民性，的确很好，但最大的天惠，是未受蒙古之侵入；我们生于大陆，早营农业，遂历受游牧民族之害，历史上满是血痕，却竟支撑以至今日，其实是伟大的。"鲁迅也常检讨同胞，在《灯下漫笔》中说："中国人向来就没有争到过'人'的价格，至多不过是奴隶，到现在还如此，然而下于奴隶的时候，却是数见不鲜的。"以及检视自己：有一次，他担心钞票贬值，想换成现银，一开始行市不好，忍痛兑换，后来稍有增值，赶紧全部兑换："但我当一包现银塞在怀中，沉垫垫地觉得安心，喜欢的时候，却突然起了另一思想，就是：我们极容易变成奴隶，而且变了之后，还万分喜欢。"所以，他认为不能停留在鄙夷阿Q的奴隶性，更要时刻反省自己："如果从奴隶生活中寻出'美'来，赞叹，抚摩，陶醉，那可简直是万劫不复的奴才了，他使自己和别人永远安住于这生活。"（《漫与》）

那光头的老头子看定了阿Q的脸，沉静的清楚的说。

"招罢！"长衫人物也大声说。

"我本来要……来投……"阿Q胡里胡涂的想了一通，这才断断续续的说。

"那么，为什么不来的呢？"老头子和气的问。

"假洋鬼子不准我！"

"胡说！此刻说，也迟了。现在你的同党在那里？"

"什么？……"

"那一晚打劫赵家的一伙人。"[1]

"他们没有来叫我。他们自己搬走了。"阿Q提起来便愤愤。

"走到那里去了呢？说出来便放你了。"老头子更和气了。

"我不知道，……他们没有来叫我……"

然而老头子使了一个眼色，阿Q便又被抓进栅栏门里了。他第二次抓出栅栏门，是第二天的上午。

大堂的情形都照旧。上面仍然坐着光头的老头子，阿Q也仍然下了跪。

老头子和气的问道，"你还有什么话说么？"

阿Q一想，没有话，便回答说，"没有。"

于是一个长衫人物拿了一张纸，并一支笔送到阿Q的面前，要将笔塞在他手里。阿Q这时很吃惊，几乎"魂飞魄散"了：因为他的手和笔相关，这回是初次。他正不知怎样拿；那人却又指着一处

1　官府抓捕阿Q的原因，是将阿Q视为打劫赵家的同党。

地方教他画花押[1]。

"我……我……不认得字。"阿Q一把抓住了笔，惶恐而且惭愧的说。

"那么，便宜你，画一个圆圈！"[2]

阿Q要画圆圈了，那手捏着笔却只是抖。于是那人替他将纸铺在地上，阿Q伏下去，使尽了平生的力气画圆圈。他生怕被人笑话，立志要画得圆，但这可恶的笔不但很沉重，并且不听话，刚刚一抖一抖的几乎要合缝，却又向外一耸，画成瓜子模样了。

阿Q正羞愧自己画得不圆，那人却不计较，早已掣了纸笔去，许多人又将他第二次抓进栅栏门。

他第二次进了栅栏，倒也并不十分懊恼。他以为人生天地之间，大约本来有时要抓进抓出，有时要在纸上画圆圈的，[3]惟有圈而不圆，却是他"行状"上的一个污点。但不多时也就释然了，他想：孙子才画得很圆的圆圈呢。于是他睡着了。

然而这一夜，举人老爷反而不能睡：他和把总呕了气了。举人老爷主张第一要追赃，把总主张第一要示众。把总近来很不将举人老爷放在眼里了，拍案打凳的说道，"惩一儆百！你看，我做革命党还不上二十天，抢案就是十几件，全不破案，我的面子在那里？破

1　画花押，在文书、契约上画一个花样（符号）作为证据，往往自行设计，与自己的姓名有些相像，犹如现在的花式签名。

2　中国旧时习例，凡签押文书契约，如果不会写字，可画一圆圈。

3　日本安冈秀夫著《从小说看来的支那民族性》中说中国民族性之一是"安运命而肯罢休"，把世事看成做戏，鲁迅在《马上支日记》中肯定了这一观点："心有不平而怯于报复，也便以万事是戏的思想了之。万事既然是戏，则不平也非真，而不报也非怯了。"

"孙子才画得很圆的圆圈呢"
（刘建庵作）

了案，你又来迟。不成！这是我管的！"举人老爷窘急了，然而还坚持，说是倘若不追赃，他便立刻辞了帮办民政的职务。而把总却道，"请便罢！"于是举人老爷在这一夜竟没有睡，但幸第二天倒也没有辞。

　　阿Q第三次抓出栅栏门的时候，便是举人老爷睡不着的那一夜的明天的上午了。他到了大堂，上面还坐着照例的光头老头子；阿Q也照例的下了跪。

　　老头子很和气的问道，"你还有什么话么？"

　　阿Q一想，没有话，便回答说，"没有。"

　　许多长衫和短衫人物，忽然给他穿上一件洋布的白背心，上面有些黑字。[1]阿Q很气苦：因为这很像是带孝，而带孝是晦气的。然而同时他的两手反缚了，同时又被一直抓出衙门外去了。

阿Q被抬上了一辆没有篷的车，几个短衣人物也和他同坐在一处。这车立刻走动了，前面是一班背着洋炮的兵们和团丁，两旁是许多张着嘴的看客，后面怎样，阿Q没有见。但他突然觉到了：这岂不是去杀头么？他一急，两眼发黑，耳朵里嗖的一声，似乎发昏了。然而他又没有全发昏，有时虽然着急，有时却也泰然；他意思之间，似乎觉得人生天地间，大约本来有时也未免要杀头的。

他还认得路，于是有些诧异了：怎么不向着法场走呢？他不知道这是在游街，在示众。但即使知道也一样，他不过便以为人生天地间，大约本来有时也未免要游街要示众罢了。

他省悟了，这是绕到法场去的路，这一定是"嚓"的去杀头。他惘惘的向左右看，全跟着马蚁似的人，而在无意中，却在路旁的人丛中发见了一个吴妈。很久违，伊原来在城里做工了。阿Q忽然很羞愧自己没志气：竟没有唱几句戏。他的思想仿佛旋风似的在脑里一回旋：《小孤孀上坟》欠堂皇，《龙虎斗》里的"悔不该……"也太乏，还是"手执钢鞭将你打"罢。他同时想手一扬，才记得这两手原来都捆着，于是"手执钢鞭"也不唱了。

"过了二十年又是一个……"[2]阿Q在百忙中，"无师自通"的说

1　鲁迅对山上正义解释说："在白布褂子上用黑字写着阿Q的姓名和罪行的。"

2　"二十年后又是一条好汉"，出自戏文，也是民间俗语。鲁迅临终前不久写下《死》一文，尝试谈论这个话题："穷人们大抵以为死后就去轮回的，根源出于佛教。佛教所说的轮回，当然手续繁重，并不这么简单，但穷人往往无学，所以不明白。这就是使罪犯人绑赴法场时，大叫'二十年后又是一条好汉'，面无惧色的原因。"

出半句从来不说的话。

"好！！！"从人丛里，便发出豺狼的嗥叫一般的声音来。[1]

车子不住的前行，阿Q在喝采声中，轮转眼睛去看吴妈，似乎伊一向并没有见他，却只是出神的看着兵们背上的洋炮。[2]

阿Q于是再看那些喝采的人们。

这刹那中，他的思想又仿佛旋风似的在脑里一回旋了。四年之前，他曾在山脚下遇见一只饿狼，永是不近不远的跟定他，要吃他的肉。他那时吓得几乎要死，幸而手里有一柄斫柴刀，才得仗这壮了胆，支持到未庄；可是永远记得那狼眼睛，又凶又怯，闪闪的像两颗鬼火，似乎远远的来穿透了他的皮肉。而这回他又看见从来没有见过的更可怕的眼睛了，又钝又锋利，不但已经咀嚼了他的话，并且还要咀嚼他皮肉以外的东西[3]，永是不近不远的跟他走。

这些眼睛们似乎连成一气，已经在那里咬他的灵魂。

"救命，……"

然而阿Q没有说。他早就两眼发黑，耳朵里嗡的一声，觉得全身仿佛微尘似的迸散了。

至于当时的影响，最大的倒反在举人老爷，因为终于没有追赃，他全家都号咷了。其次是赵府，非特秀才因为上城去报官，被

1　这是民族性中"乏同情心多残忍性"的表现。

2　鲁迅在《杂感》一文中说："人被杀于万众聚观之中，比被杀在'人不知鬼不觉'的地方快活，因为他可以妄想，博得观众中的或人的眼泪。"

3　这便是鲁迅指出的中国礼教文化"吃人"的本质，其要义在于灵魂上的吞噬 —— 看客是精神上的吃人者。

"再看那些喝采的人们"
（刘建庵 作）

"仿佛微尘似的迸散"（刘建庵 作）

不好的革命党剪了辫子，而且又破费了二十千的赏钱，所以全家也号咷了。从这一天以来，他们便渐渐的都发生了遗老的气味。[1]

至于舆论，在未庄是无异议，自然都说阿Q坏，被枪毙便是他的坏的证据：不坏又何至于被枪毙呢？[2]而城里的舆论却不佳，他们多半不满足，以为枪毙并无杀头这般好看；而且那是怎样的一个可笑的死囚呵，游了那么久的街，竟没有唱一句戏：他们白跟一趟了。

1　革命对有些人造成损失，也会给有些人带来好处。绅士们加入革命党，"咸与维新"，是想"名利双收"，大捞一把。一旦投机无所得，甚至有所失，便要发生"遗老的气味"，眷恋和追怀过往了。

2　鲁迅曾在《死地》一文中说一般人"不问是非曲直，但知一味附和杀人者，责备被杀者"。鲁迅后来阅历更多，所悟更深，他在广州经历了大屠杀，写下《可恶罪》一文中，有："我以为法律上的许多罪名，都是花言巧语，只消以一语包括之，曰：可恶罪。"

本篇的第一章（序）发表于1921年12月4日《晨报副刊》的"开心话"栏，此后各章移往"新文艺"栏，每周或每两周刊载一次，直到1922年2月12日。更换栏目，是因为孙伏园看了第二章，觉得风格异于第一章，不合"开心话"栏设定的宗旨，便将其移入新创设的"新文艺"栏。署名"巴人"，鲁迅说是"取'下里巴人'，并不高雅的意思"（《〈阿Q正传〉的成因》）

　　涵庐（高一涵）曾记述作品及笔名"巴人"在读者中引发的恐慌："我记得当《阿Q正传》一段一段陆续发表的时候，有许多人都栗栗危惧，恐怕以后要骂到他的头上。并且有一位朋友，当我面说，昨日《阿Q正传》上某一段仿佛就是骂他自己。因此便猜疑《阿Q正传》是某人作的，何以呢？因为只有某人知道他这一私事。……从此疑神疑鬼，凡是《阿Q正传》中所骂的，都以为就是他的阴私；凡是与登载《阿Q正传》的报纸有关系的投稿人，都不免做了他所认为《阿Q正传》的作者的嫌疑犯了！等到他打听出来《阿Q正传》的作者名姓的时候，他才知道他和作者素不相识，因此，才恍然自

《阿Q正传》第六章手稿，是这部作品现存唯一一页手迹

《阿Q正传》初刊于1921年12月4日《晨报副刊》

悟，又逢人声明说不是骂他。"（《现代评论》第四卷第八十九期）鲁迅针对高一涵这段记述说："我对于这位'某人'先生很抱歉，竟因我而做了许多天嫌疑犯。可惜不知是谁，'巴人'两字很容易疑心到四川人身上去，或者是四川人罢。"（《〈阿Q正传〉的成因》）章廷谦在《当鲁迅先生写作〈阿Q正传〉的时候》中说："当时，不仅只以为这篇文章是蒲伯英〔四川人，《晨报》总编辑〕所写，而且还以为这篇文章是蒲伯英写了来讽刺胡适的。在文章中不但明明提到了胡适，而且我们知道胡适有一个笔名是'Q.V.'（他用波兰作家显克微支的名著《你往何处去》的原文书名：'Quo Vadis'的第一个字母来隐射'胡适？'）。所以叫胡适为'阿Q'，也是顺理成章的。"但章廷谦等人很快便知道这是不对的，大约是见到鲁迅后，得到了鲁迅的明示。

那么，这篇小说到底是讽刺和污蔑谁的？鲁迅发表《孔乙己》时写了一段附记，声明自己的小说不是给什么人泼污水的。小说被当作攻击、污蔑的手段，是旧时小说的功能之一。鲁迅在《中国小说史略》批评过这种恶劣的做法，认为清末民初的黑幕小说最恶劣。这类文字盛行于1915—1918年间，《时事新报》甚至开辟了"上海黑幕"专栏，专事揭发。1918年出版的《中国黑幕大观》及其续集，集其成果之大成。鲁迅认为这些作品"丑诋私敌，等于谤书"，作者"或有谩骂之志而无抒写之才"。在鲁迅看来，黑幕小说"辞气浮露，笔无藏锋，甚且过甚其辞，以合时人嗜好"。

《阿Q正传》的讽刺面很广，竟可以说是"人人"。

周作人是最早评论《阿Q正传》的人，他强调这篇作品是

"冷"的讽刺："阿Q这人是中国一切的'谱'——新名词称作'传统'——的结晶，没有自己的意志而以社会的因袭的惯例为其意志的人，所以在现社会里是不存在而又到处存在的。""阿Q却是一个民族的类型，他像神话里的'众赐'一样，承受了噩梦似的四千年来的经验所造成的一切'谱'上的规则，包含对于生命幸福名誉道德各种意见，提炼精粹，凝为个体，所以实在是一幅中国人品性的'混合照相'，其中写中国人的缺乏求生意志，不知尊重生命，尤为痛切，因为我相信这是中国人的最大的病根。""这样的冷空气或者于许多人的蔷薇色的心上给予一种不愉快的接触，但我的私见以为也是不可少的，至少在中国现代社会里。"周作人在将鲁迅的小说同西方和日本作家的名著比较以后，特别比较其与契诃夫的人物塑造方法：鲁迅本意似乎想把阿Q痛骂一顿，做到临了却觉得在未庄里阿Q却是唯一可爱的人物，比别人还要正直些，所以终于被"正法"了；正如托尔斯泰批评契诃夫要撞倒他的小说的主人公，结果却将她扶起来一样，鲁迅想撞倒阿Q，却反将他扶起了。这不一定是作品的败笔。如果社会一片漆黑，文学作品当然可以也应该给出一点儿亮色。鲁迅的《呐喊》中好几篇都这么做了。《阿Q正传》中本来找不出亮色，找不到能给人鼓舞的力量。如果阿Q能被扶起来，如果他最终觉醒，岂不是好 —— 可惜不那么容易。

　　《阿Q正传》中没有正面形象，所有的人物，除了老尼姑和小尼姑以受欺侮的更弱者面目出现，其他人物均有欺凌他人的行为表现。虽然"只有小尼姑和老尼姑是比阿Q更可怜的，在未庄是受侮辱和损害者，连阿Q这样卑微的人都对她们耍无赖"，但没有加害别人的人，并不能就等同于正面人物，鲁迅对她们也只是没有加以漫画化的描写而已。最终，如果寻找亮色，就只能从阿Q自身去找，他在一众反面人物的衬托下，就有了正面的可能——阿Q最正面之处在于他虽然不乏各种劣根性，却真实不做作。阿Q与作品里其他人如赵太爷、假洋鬼子等人相比，就算不上道德上的"恶人"了——他丑陋，但有时候还实诚，能真实表达自己的想法，比赵太爷之流所谓正人君子好得多。

周作人一方面说阿Q是坏品性的结晶，鲁迅思想中含有虚无主义的因素，作品中的没有亮色是厌世主义的表现；另一方面却又说鲁迅最后将他扶起来了，似乎自相矛盾，实际上却符合鲁迅那时期的思想状态。对国事鞅掌的无奈，对国民性改进失去信心，是当时知识分子的普遍精神状态。

面对普遍的黑暗，鲁迅生出救助这个卑微的灵魂的愿力。鲁迅在回答戏剧改编者有关阿Q相貌的询问时说：阿Q"样子平平常常，有农民式的质朴，愚蠢，但也很沾了些游手之徒的狡猾。在上海，从洋车夫和小车夫里面，恐怕可以找出他的影子来的，不过没有流氓样，也不像瘪三样"。从"愚蠢""狡猾"这些负面词语描述来看，鲁迅并没有把阿Q写得一无是处，的确可能有"扶起"的意识。从小说结尾处阿Q唱起戏文来看，他似乎并未觉醒，仍然懵懂、颠顶。但到了生命的最后时刻，当阿Q在刑车上与看客相对，阿Q内心恐惧而震悚，似乎有所觉悟，感到站在刑场周围的人都是自己的对立面。然而，这样的觉悟并不意味着他意识到自己是受害者，也不想再加害别人——当然，阿Q没有机会加害别人了。这描写至少

显示鲁迅动了情 —— 对阿Q的同情。

鲁迅为这样一个贫苦雇农作传，本身已经表明了他的同情态度。读者中不乏为阿Q找亮点，并希望将其扶起来的人，说明人们对国民性仍有信心。鲁迅未必真能扶起阿Q，这伟大的事业只有靠后人来完成了。

问题的关键在于后来人自己要先立起来。每个人的自立，是实施搀扶别人的前提，自立而后立人。

一个人，等到要靠别人来扶的时候，情况就很不妙了。

端午节

方玄绰[1]近来爱说"差不多"这一句话，几乎成了"口头禅"[2]似的；而且不但说，的确也盘据在他脑里了。他最初说的是"都一样"，后来大约觉得欠稳当了，便改为"差不多"，一直使用到现在。

他自从发见了这一句平凡的警句以后，虽然引起了不少的新感慨，同时却也得到许多新慰安。譬如看见老辈威压青年，在先是要愤愤的，但现在却就转念道，将来这少年有了儿孙时，大抵也要摆这架子的罢，便再没有什么不平了。又如看见兵士打车夫，在先也要愤愤的，但现在也就转念道，倘使这车夫当了兵，这兵拉了车，

1　本篇有自叙成分。周作人说："刘半农因响应文学革命，被招到北京大学来教书，那时他所往来的大抵就是与《新青年》有关系的这些人，他也常到绍兴县馆里来。他住在东城，自然和沈尹默、钱玄同、马幼渔诸人见面的机会很多，便时常对他们说起什么时候来会馆看见豫才，或是听见他说什么话。他们就挖苦他说是像《儒林外史》里那成老爹，老是说那一天到方家去会到方老五，后来因此一转便把方老五当作鲁迅的别名。"（《人物》）

2　胡适写有《差不多先生传》："他常常说：'凡事只要差不多，就好了。何必太精明呢？'他小的时候，他妈叫他去买红糖，他买了白糖回来。他妈骂他，他摇摇头说：'红糖白糖不是差不多吗？'"本篇还出现了胡适的《尝试集》。鲁迅涉笔成趣，不一定是讽刺胡适。《阿Q正传》第一章提到陈、胡也应作如是观。

大抵也就这么打，便再也不放在心上了。他这样想着的时候，有时也疑心是因为自己没有和恶社会奋斗的勇气，所以瞒心昧己的故意造出来的一条逃路，很近于"无是非之心"[1]，远不如改正了好。然而这意见，总反而在他脑里生长起来。

他将这"差不多说"最初公表的时候是在北京首善学校的讲堂上[2]，其时大概是提起关于历史上的事情来，于是说到"古今人不相远"，说到各色人等的"性相近"[3]，终于牵扯到学生和官僚身上，大发其议论道：

"现在社会上时髦的都通行骂官僚，而学生骂得尤利害。然而官僚并不是天生的特别种族，就是平民变就的。现在学生出身的官僚就不少，和老官僚有什么两样呢？'易地则皆然'[4]，思想言论举动丰采都没有什么大区别……便是学生团体新办的许多事业，不是也已经难免出弊病，大半烟消火灭了么？差不多的。但中国将来之可虑就在此……"

散坐在讲堂里的二十多个听讲者，有的怅然了，或者是以为这话对；有的勃然了，大约是以为侮辱了神圣的青年；有几个却对他微笑了，大约以为这是他替自己的辩解：因为方玄绰就是兼做官僚的。

而其实却是都错误。这不过是他的一种新不平；虽说不平，又

---

1   语见《孟子·公孙丑》："无是非之心，非人也。"

2   方玄绰是做教员兼做官的，与鲁迅的身份一致。

3   语见《论语·阳货》："性相近也，习相远也。"

4   "易地则皆然"，语见《孟子·离娄》。

只是他的一种安分的空论。他自己虽然不知道是因为懒，还是因为无用，总之觉得是一个不肯运动，十分安分守己的人。总长冤他有神经病，只要地位还不至于动摇，他决不开一开口；教员的薪水欠到大半年了[1]，只要别有官俸支持，他也决不开一开口。不但不开口，当教员联合索薪的时候，他还暗地里以为欠斟酌，太嚷嚷；直到听得同寮过分的奚落他们了，这才略有些小感慨，后来一转念，这或者因为自己正缺钱，而别的官并不兼做教员的缘故罢，于是也就释然了。

他虽然也缺钱，但从没有加入教员的团体内，大家议决罢课，可是不去上课了。政府说"上了课才给钱"，他才略恨他们的类乎用果子要猴子；一个大教育家[2]说道"教员一手挟书包一手要钱不高尚"，他才对于他的太太正式的发牢骚了。

"喂，怎么只有两盘？"听了"不高尚说"这一日的晚餐时候，他看着菜蔬说。

他们是没有受过新教育的，太太并无学名或雅号，所以也就没有什么称呼了，照老例虽然也可以叫"太太"，但他又不愿意太守旧，于是就发明了一个"喂"字。太太对他却连"喂"字也没有，只要脸向着他说话，依据习惯法，他就知道这话是对他而发的。

1　北京学校欠薪起始时间及欠时长短，周作人的记述可做参考："日记上记四月十六日到校，六月五日收到四月下半月薪，中九交一，以后便是迟两个月，到了一九二〇年，十一月十七日收到七月份薪，已是四个月了。"（《人物》）

2　大教育家，指教育总长范源濂。范源濂在财政困难和教职员索薪之间颇受夹磨，辞职但未被允准。不得已只好避居天津，而教育次长也"抱病隐退"，舆论界因此讽刺"教育部成了病院"。

"可是上月领来的一成半都完了……昨天的米，也还是好容易才赊来的呢。"伊站在桌旁，脸对着他说。

"你看，还说教书的要薪水是卑鄙哩。这种东西似乎连人要吃饭，饭要米做，米要钱买这一点粗浅事情都不知道……"

"对啦。没有钱怎么买米，没有米怎么煮……"

他两颊都鼓起来了，仿佛气恼这答案正和他的议论"差不多"，近乎随声附和模样；接着便将头转向别一面去了，依据习惯法，这是宣告讨论中止的表示。

待到凄风冷雨这一天，教员们因为向政府去索欠薪，[1]在新华门前烂泥里被国军打得头破血出之后，倒居然也发了一点薪水。方玄绰不费一举手之劳的领了钱，酌还些旧债，却还缺一大笔款，这是因为官僚也颇有些拖欠了。当是时，便是廉吏清官们也渐以为薪之不可不索，而况兼做教员的方玄绰，自然更表同情于学界起来，所以大家主张继续罢课的时候，他虽然仍未到场，事后却尤其心悦诚服的确守了公共的决议。

然而政府竟又付钱，学校也就开课了。但在前几天，却有学生总会上一个呈文给政府，说"教员倘若不上课，便不要付欠薪。"这虽然并无效，而方玄绰却忽而记起前回政府所说的"上了课才给钱"

1　指当时发生的索薪事件。一九二一年六月三日，国立北京专门以上八校辞职教职员代表联席会，联合全市各校教职员工和学生群众一万多人举行示威游行，向以徐世昌为首的北洋政府索取欠薪，遭到军警弹压，多人受伤。索薪联盟的八校教职员先到教育部，请出次长，一起往总统府请愿。到了新华门，据八校教职员事后的声明："同人等以堂堂民国政府，岂有禁人请愿之理，遂与理论，令其放行，该卫兵不但不许通行，并用枪柄刺刀乱加刺击，知机之马次长，稍受微伤，立即声言，我是次长，卫兵等乃许其通过，彼遂独自入府。卫兵更继续痛殴同人及学生等。是时天方阴雨，新华门外血肉横飞，同人及学生等，相继伤仆，枕藉于泥泞之中者，不计其数。"（北京高师《教育丛刊》）此即所谓"六三事件"。

的话来，"差不多"这一个影子在他眼前又一幌，而且并不消灭，于是他便在讲堂上公表了。

准此，可见如果将"差不多说"锻炼罗织起来，自然也可以判作一种挟带私心的不平，但总不能说是专为自己做官的辩解。只是每到这些时，他又常常喜欢拉上中国将来的命运之类的问题，一不小心，便连自己也以为是一个忧国的志士：人们是每苦于没有"自知之明"的。

但是"差不多"的事实又发生了，政府当初虽只不理那些招人头痛的教员，后来竟不理到无关痛痒的官吏，欠而又欠，终于逼得先前鄙薄教员要钱的好官，也很有几员化为索薪大会里的骁将了。惟有几种日报上却很发了些鄙薄讥笑他们的文字。[1]方玄绰也毫不为奇，毫不介意，因为他根据了他的"差不多说"，知道这是新闻记者还未缺少润笔的缘故，万一政府或是阔人停了津贴，他们多半也要开大会的。

他既已表同情于教员的索薪，自然也赞成同寮的索俸，然而他仍然安坐在衙门中，照例的并不一同去讨债。至于有人疑心他孤高，那可也不过是一种误解罢了。他自己说，他是自从出世以来，只有人向他来要债，他从没有向人去讨过债，所以这一端是"非其所长"。而且他最不敢见手握经济之权的人物，这种人待到失了权势之后，捧着一本《大乘起信论》[2]讲佛学的时候，固然也很是"蔼然

---

1   政府欠薪事件影响大，官方报纸上出现对教员索薪行为的批评。
2   《大乘起信论》：佛经名，印度马鸣菩萨作。鲁迅1914年顷下功夫研读佛学典籍，购买此书的多个译本和相关研究资料。

可亲"的了，但还在宝座上时，却总是一副阎王脸，将别人都当奴才看，自以为手操着你们这些穷小子们的生杀之权。[1]他因此不敢见，也不愿见他们。这种脾气，虽然有时连自己也觉得是孤高，但往往同时也疑心这其实是没本领。

大家左索右索，总算一节一节的挨过去了，但比起先前来，方玄绰究竟是万分的拮据，所以使用的小厮和交易的店家不消说，便是方太太对于他也渐渐的缺了敬意，只要看伊近来不很附和，而且常常提出独创的意见，有些唐突的举动，也就可以了然了。到了阴历五月初四的午前，他一回来，伊便将一叠账单塞在他的鼻子跟前，这也是往常所没有的。

"一总总得一百八十块钱才够开消……发了么？"伊并不对着他看的说。

"哼，我明天不做官了。钱的支票是领来的了，可是索薪大会的代表不发放，先说是没有同去的人都不发，后来又说是要到他们跟前去亲领。他们今天单捏着支票，就变了阎王脸了，我实在怕看见……我钱也不要了，官也不做了，这样无限量的卑屈……"

方太太见了这少见的义愤，倒有些愕然了，但也就沉静下来。

"我想，还不如去亲领罢，这算什么呢。"伊看着他的脸说。

"我不去！这是官俸，不是赏钱，照例应该由会计科送来的。"

"可是不送来又怎么好呢……哦，昨夜忘记说了，孩子们说那

---

1 这一类角色代不乏人。到20世纪30年代，鲁迅在上海，把这类人事现象写进诗里："一阔脸就变，所砍头渐多"（《赠邬其山》）这类阔人、要人偏偏喜欢谈佛论道。所以该诗最后一句是"南无阿弥陀！"

学费，学校里已经催过好几次了，说是倘若再不缴……"

"胡说！做老子的办事教书都不给钱，儿子去念几句书倒要钱？"

伊觉得他已经不很顾忌道理，似乎就要将自己当作校长来出气，犯不上，便不再言语了。

两个默默的吃了午饭。他想了一会，又懊恼的出去了。

照旧例，近年是每逢节根或年关的前一天，他一定须在夜里的十二点钟才回家，一面走，一面掏着怀中，一面大声的叫道，"喂，领来了！"于是递给伊一叠簇新的中交票[1]，脸上很有些得意的形色。谁知道初四这一天却破了例，他不到七点钟便回家来。方太太很惊疑，以为他竟已辞了职了，但暗暗地察看他脸上，却也并不见有什么格外倒运的神情。

"怎么了？……这样早？……"伊看定了他说。

"发不及了，领不出了，银行已经关了门，得等初八。"

"亲领？……"伊惴惴的问。

"亲领这一层，倒也已经取消了，听说仍旧由会计科分送。可是银行今天已经关了门，休息三天，得等到初八的上午。"他坐下，眼睛看着地面了，喝过一口茶，才又慢慢的开口说，"幸而衙门里也没有什么问题了，大约到初八就准有钱……向不相干的亲戚朋友去借钱，实在是一件烦难事。我午后硬着头皮去寻金永生，谈了一会，他先恭维我不去索薪，不肯亲领，非常之清高，一个人正应该这样

1　中交票：中国银行和交通银行联合发行的钞票。

做；待到知道我想要向他通融五十元，就像我在他嘴里塞了一大把盐似的，凡有脸上可以打皱的地方都打起皱来，说房租怎样的收不起，买卖怎样的赔本，在同事面前亲身领款，也不算什么的，即刻将我支使出来了。"

"这样紧急的节根，谁还肯借出钱去呢。"方太太却只淡淡的说，并没有什么慨然。

方玄绰低下头来了，觉得这也无怪其然的，况且自己和金永生本来很疏远。他接着就记起去年年关的事来，那时有一个同乡来借十块钱，他其时明明已经收到了衙门的领款凭单的了，因为恐怕这人将来未必会还钱，便装了一副为难的神色，说道衙门里既然领不到俸钱，学校里又不发薪水，实在"爱莫能助"，将他空手送走了。他虽然自己并不看见装了怎样的脸，但此时却觉得很局促，嘴唇微微一动，又摇一摇头。

然而不多久，他忽而恍然大悟似的发命令了：叫小厮即刻上街去赊一瓶莲花白。他知道店家希图明天多还账，大抵是不敢不赊的，假如不赊，则明天分文不还，正是他们应得的惩罚。

莲花白竟赊来了，他喝了两杯，青白色的脸上泛了红，吃完饭，又颇有些高兴了。他点上一枝大号哈德门香烟，从桌上抓起一本《尝试集》[1]来，躺在床上就要看。

"那么，明天怎么对付店家呢？"方太太追上去，站在床面前，看着他的脸说。

1　《尝试集》：胡适所著白话诗集，1920年3月上海亚东图书馆出版。鲁迅曾应胡适之请，为该集的修订版做删改。胡适采纳了鲁迅的一些意见。

"店家？……教他们初八的下半天来。"

"我可不能这么说。他们不相信，不答应的。"

"有什么不相信。他们可以问去，全衙门里什么人也没有领到，都得初八！"他戟着第二个指头在帐子里的空中画了一个半圆，方太太跟着指头也看了一个半圆，只见这手便去翻开了《尝试集》。

方太太见他强横到出乎情理之外了，也暂时开不得口。

"我想，这模样是闹不下去的，将来总得想点法，做点什么别的事……"伊终于寻到了别的路，说。

"什么法呢？我'文不像誊录生，武不像救火兵'，别的做什么？"

"你不是给上海的书铺子做过文章么？"

"上海的书铺子？买稿要一个一个的算字，空格不算数。[1]你看我做在那里的白话诗去，空白有多少，怕只值三百大钱一本罢。收版权税又半年六月没消息，'远水救不得近火'，谁耐烦。"

"那么，给这里的报馆里……"

"给报馆里？便在这里很大的报馆里，我靠着一个学生在那里做编辑的大情面，一千字也就是这几个钱，即使一早做到夜，能够养活你们么？况且我肚子里也没有这许多文章。"

---

[1] 鲁迅说他曾替某书局翻译过一本书，"这家书店对于作家一向是很苛刻的，计算文稿的字数完全以实字计算，标点和空格都不计算，先生探得了这个情况以后，他把自己的译稿从头到底连接起来，不让稿纸上有一个空格，既不分章节，也不加标点符号。稿子送去以后，该书局仍把稿子退了回来，附信说，请先生分一分章节和段落，加一加新式标点符号，先生于是告诉该书局说，既要作者分段落加标点，可见标点和空格还是必需的，那就得把标点符号和空格也算字数，该书局无可奈何照办了"（孔另境《忆鲁迅先生》）。这是客大欺店，现实中常是相反的情境。

"那么，过了节怎么办呢？"

"过了节么？——仍旧做官……明天店家来要钱，你只要说初八的下午。"

他又要看《尝试集》了。方太太怕失了机会，连忙吞吞吐吐的说：

"我想，过了节，到了初八，我们……倒不如去买一张彩票[1]……"

"胡说！会说出这样无教育的……"

这时候，他忽而又记起被金永生支使出来以后的事了。那时他惘惘的走过稻香村，看见店门口竖着许多斗大的字的广告道"头彩几万元"，仿佛记得心里也一动，或者也许放慢了脚步的罢，但似乎因为舍不得皮夹里仅存的六角钱，所以竟也毅然决然的走远了。他脸色一变，方太太料想他是在恼着伊的无教育，便赶紧退开，没有说完话。方玄绰也没有说完话，将腰一伸，咿咿呜呜的就念《尝试集》。

一九二二年六月。

1　鲁迅日记1924年4月5日"午后在月中桂买上海竞马采票一张，十一元"，这张彩票第二天就寄给三弟周建人了，大约是受三弟委托代办。

本篇最初发表于1922年9月上海《小说月报》第十三卷第九号。这篇小说可与鲁迅的自叙传散文《记"发薪"》对读，且后者中一些情节颇有小说风味。

鲁迅将自己对"索薪"事件的一些感悟写在《记"发薪"》中：

只要有银钱在手里经过，即使并非檀越的布施，人是也总爱逞逞威风的，要不然，他们也许要觉到自己的无聊，渺小。明明有物品去抵押，当铺却用这样的势利脸和高柜台；明明用银元去换铜元，钱摊却帖着"收买现洋"的纸条，隐然以"买主"自命。钱票当然应该可以到负责的地方去换现钱，而有时却规定了极短的时间，还要领签，排班，等候，受气；军警督压着，手里还有国粹的皮鞭。

不听话么？不但不得钱，而且要打了！

我曾经说过，中华民国的官，都是平民出身，并非特别种族。虽然高尚的文人学士或新闻记者们将他们看作异类，以为

> 比自己格外奇怪，可鄙可嗤；然而从我这几年的经验看来，却委实不很特别，一切脾气，却与普通的同胞差不多，所以一到经手银钱的时候，也还是照例有一点借此威风一下的嗜好。

把一些人的嘴脸写得很生动。但如果在小说中加入这些议论，可能会显得枝蔓。

中国人似乎很难合理地处理官民之间的关系。政府和机构总是权力膨胀，摆不正位置，忘掉所从来和何所往。要官员去亲领薪金，像是把他们当作用人甚至乞丐对待。而官员呢，也将自己的尊严看得很重，仿佛是国家的代表："吃官饭""为公家办事""政府的形象"，都是现成的说法。究其根本，还在于没有理解共和政治的本质。民主政治与专制政治的区别在这一关节上分明显现。在专制政体中，官吏的选择权掌握在上级官员（政府）手中，给人的感觉就像是政府府上的用人、丫鬟之类角色。民主政体下，官员是人民雇来办事、为人民服务的。政府困难，官员失业，也很正常。

1926年，鲁迅到时为私立的厦门大学教书，在一次教员恳亲会上听到林语堂的哥哥林玉霖（时任该校学生指导员）吹捧校长说："我们的老校长，好比家长父亲，教员好比年长的大哥，同学好比年幼的弟妹，整个学校，就像一个大家庭。"鲁迅心里很不满，正要发作，哲学系教授缪子才起而驳斥道："我们都不是妇人孩子，怎么可以这样比喻呢？"鲁迅在给许广平信中说："昨天出了一件可笑可叹的事。下午有恳亲会，我向来不赴这宗会的，而玉堂的哥哥硬拉我去，（玉堂有二兄一弟在校内。这是第二个哥哥，教授兼学生指导员，每开会，他必有极讨人厌的演说。）我不得已，去了。不料会中他又演说，先感谢校长给我们吃点心，次说教员吃得多么好，住得多么舒服，薪水又这么多，应该大发良心，拼命做事，而校长之如此体贴我们，真如父母一样……我就真要立刻跳起来，……而别一个教员起来驳斥他，闹得不欢而散。"信中还说："我才知道在金钱下的人们是这样的，我决定要走了。"

总之，在这样一个既古老又新兴的社会里，摆正和理顺人与人之间的关系是很难的事。

《端午节》是《呐喊》中第二篇以时间为题的小说，另一篇是《明天》，但二者又有不同，《明天》既是现实时间——单四嫂子的宝儿死的那天，鲁镇上的人们在暗夜里操持，准备第二天的葬礼，但单四嫂子梦想着明天宝儿就能醒来，叫她妈妈，如同往常一样；同时这也是富有象征意义的时间，小说结尾是："这时的鲁镇，便完全落在寂静里。只有那暗夜为想变成明天，却仍在这寂静里奔波；另有几条狗，也躲在暗地里呜呜的叫。"鲁迅将"暗夜"与"明天"拟人化，巧妙地隐喻了时间不因人为的因素而停滞，而是一往无前，打破空间的静止与凝固。《端午节》以具体的节日名称确立了小说的时间背景。端午本为中国古代献给屈原的纪念日，到现代社会演变成集祭祀、祈福、饮食等于一体的节日。小说并没有书写节日的相关活动，在家庭空间中并没有展示方家过节的准备与热闹，对时间背景的提示只有这样两句话："到了阴历五月初四的午前，他一回来，伊便将一叠账单塞在他的鼻子跟前，这也是往常所没有的。"而领薪的日子是在初八！——这节怎么过！鲁迅善于写节日，他写节日的小说，除了这篇，还有《祝福》，写年终的祭祀，很有讽刺效果：在神人共享歆香、阖家快乐团圆的时刻，鲁镇却发生了祥林嫂之死 —— 一个活人的献祭 —— 热闹而凄凉的结局。相比之下，方玄绰的日子还是过得下去的 —— 毕竟，他是官家的人啊。

20世纪20年代，政府不稳，财政拮据。鲁迅本人在一段时间里，像主人公方玄绰一样遭遇欠薪困扰。他们的体面和清高受损颇为严重。《端午节》以风俗漫画的笔法写出官员兼教员的窘态；《记"发薪"》则发牢骚、出怨气，算是从文字中挽回一些体面。

白光

陈士成[1]看过县考的榜，回到家里的时候，已经是下午了。他去得本很早，一见榜，便先在这上面寻陈字。陈字也不少，似乎也都争先恐后的跳进他眼睛里来，然而接着的却全不是士成这两个字。他于是重新再在十二张榜的圆图[2]里细细地搜寻，看的人全已散尽了，而陈士成在榜上终于没有见，单站在试院的照壁的面前。

凉风虽然拂拂的吹动他斑白的短发，初冬的太阳却还是很温和的来晒他。但他似乎被太阳晒得头晕了，脸色越加变成灰白，从劳乏的红肿的两眼里，发出古怪的闪光。这时他其实早已不看到什么墙上的榜文了，只见有许多乌黑的圆圈，在眼前泛泛的游走。

1　周作人说本篇的原型为鲁迅的本家叔祖辈周子京，本有世袭职位的他"每年仍去应府县考，似乎想要凭了他自己的力量，再去考取一个秀才来。他的文章却实在不好懂，不客气的说是不通。"(《人物》)

2　圆图：科举时代县考初试公布的名榜，也叫团榜。一般不计名次。为了便于计算，将每五十名考取者的姓名写成一个圆图。

隽了秀才，上省去乡试，一径联捷上去，……绅士们既然千方百计的来攀亲，人们又都像看见神明似的敬畏，深悔先前的轻薄，发昏，……赶走了租住在自己破宅门里的杂姓——那是不劳说赶，自己就搬的，——屋宇全新了，门口是旗竿和扁额，……要清高可以做京官，否则不如谋外放。……他平日安排停当的前程，这时候又像受潮的糖塔一般，刹时倒塌，只剩下一堆碎片了。他不自觉的旋转了觉得涣散了的身躯，惘惘的走向归家的路。

他刚到自己的房门口，七个学童便一齐放开喉咙，吱的念起书来。他大吃一惊，耳朵边似乎敲了一声磬，只见七个头拖了小辫子在眼前幌，幌得满房，黑圈子也夹着跳舞。他坐下了，他们送上晚课来，脸上都显出小觑他的神色。

"回去罢。"他迟疑了片时，这才悲惨的说。

他们胡乱的包了书包，挟着，一溜烟跑走了。

陈士成还看见许多小头夹着黑圆圈在眼前跳舞，有时杂乱，有时也排成异样的阵图，然而渐渐的减少，模胡了。

"这回又完了！"

他大吃一惊，直跳起来，分明就在耳朵边的话，回过头去却并没有什么人，仿佛又听得嗡的敲了一声磬，自己的嘴也说道：

"这回又完了！"

他忽而举起一只手来，屈指计数着想，十一，十三回，连今年是十六回，竟没有一个考官懂得文章，有眼无珠，也是可怜的事，便不由嘻嘻的失了笑。然而他愤然了，蓦地从书包布底下抽出誊真的制艺和试帖¹来，拿着往外走，刚近房门，却看见满眼都明亮，连一群鸡也正在笑他，便禁不住心头突突的狂跳，只好缩回里面了。

他又就了坐，眼光格外的闪烁；他目睹着许多东西，然而很模胡，——是倒塌了的糖塔一般的前程躺在他面前，这前程又只是广大起来，阻住了他的一切路。

别家的炊烟早消歇了，碗筷也洗过了，而陈士成还不去做饭。寓在这里的杂姓是知道老例的，凡遇到县考的年头，看见发榜后的这样的眼光，不如及早关了门，不要多管事。最先就绝了人声，接着是陆续的熄了灯火，独有月亮，却缓缓的出现在寒夜的空中。

空中青碧到如一片海，略有些浮云，仿佛有谁将粉笔洗在笔洗里似的摇曳。月亮对着陈士成注下寒冷的光波来，当初也不过像是一面新磨的铁镜罢了。而这镜却诡秘的照透了陈士成的全身，就在他身上映出铁的月亮的影。

他还在房外的院子里徘徊，眼里颇清净了，四近也寂静。

但这寂静忽又无端的纷扰起来，他耳边又确凿听到急促的低声说：

"左弯右弯……"

他耸然了，倾耳听时，那声音却又提高的复述道：

"右弯！"

他记得了。这院子，是他家还未如此雕零的时候，一到夏天的

1　制艺，即摘取"四书""五经"中的文句命题、立论的八股文；试帖，指试帖诗，用古人诗句或成语一句，冠以"赋得"二字为题，一般为五言八韵，即五字一句，十六句一首，二句一韵。八股文和试帖诗是科举考试规定的文体。

夜间，夜夜和他的祖母在此纳凉的院子。那时他不过十岁有零的孩子，躺在竹榻上，祖母便坐在榻旁边，讲给他有趣的故事听。伊说是曾经听得伊的祖母说，陈氏的祖宗是巨富的，这屋子便是祖基，祖宗埋着无数的银子，有福气的子孙一定会得到的罢，然而至今还没有现。至于处所，那是藏在一个谜语的中间：

"左弯右弯，前走后走，量金量银不论斗。"

对于这谜语，陈士成便在平时，本也常常暗地里加以揣测的，可惜大抵刚以为可通，却又立刻觉得不合了。有一回，他确有把握，知道这是在租给唐家的房底下的了，然而总没有前去发掘的勇气；过了几时，可又觉得太不相像了。至于他自己房子里的几个掘过的旧痕迹，那却全是先前几回下第以后的发了怔忡的举动，后来自己一看到，也还感到惭愧而且羞人。

但今天铁的光罩住了陈士成，又软软的来劝他了，他或者偶一迟疑，便给他正经的证明，又加上阴森的催逼，使他不得不又向自己的房里转过眼光去。

白光如一柄白团扇，摇摇摆摆的闪起在他房里了。

"也终于在这里！"

他说着，狮子似的赶快走进那房里去，但跨进里面的时候，便不见了白光的影踪，只有莽苍苍的一间旧房，和几个破书桌都没在昏暗里。他爽然的站着，慢慢的再定睛，然而白光却分明的又起来了，这回更广大，比硫黄火更白净，比朝雾更霏微，而且便在靠东墙的一张书桌下。

陈士成狮子似的奔到门后边，伸手去摸锄头，撞着一条黑影。

他不知怎的有些怕了，张惶的点了灯，看锄头无非倚着。他移开桌子，用锄头一气掘起四块大方砖，蹲身一看，照例是黄澄澄的细沙，揎了袖爬开细沙，便露出下面的黑土来。他极小心的，幽静的，一锄一锄往下掘，然而深夜究竟太寂静了，尖铁触土的声音，总是钝重的不肯瞒人的发响。

土坑深到二尺多了，并不见有瓮口，陈士成正心焦，一声脆响，颇震得手腕痛，锄尖碰着什么坚硬的东西了；他急忙抛下锄头，摸索着看时，一块大方砖在下面。他的心抖得很利害，聚精会神的挖起那方砖来，下面也满是先前一样的黑土，爬松了许多土，下面似乎还无穷。但忽而又触着坚硬的小东西了，圆的，大约是一个锈铜钱；此外也还有几片破碎的磁片。[1]

陈士成心里仿佛觉得空虚了，浑身流汗，急躁的只爬搔；这其间，心在空中一抖动，又触着一种古怪的小东西了，这似乎约略有些马掌形的，但触手很松脆。他又聚精会神的挖起那东西来，谨慎的撮着，就灯光下仔细的看时，那东西斑斑剥剥的像是烂骨头，上面还带着一排零落不全的牙齿。他已经悟到这许是下巴骨了，而那下巴骨也便在他手里索索的动弹起来，而且笑吟吟的显出笑影，终于听得他开口道：

1　鲁迅在1934年6月所写《正是时候》一文中说："如果是穷极无聊了，那就更要修破书，擦古瓶，读家谱，怀祖德，甚而至于翻肮脏的墙根，开空虚的抽屉，想发见连他自己也莫名其妙的宝贝，补救这无法可想的贫穷。"

"这回又完了！"[1]

他栗然的发了大冷，同时也放了手，下巴骨轻飘飘的回到坑底里不多久，他也就逃到院子里了。他偷看房里面，灯火如此辉煌，下巴骨如此嘲笑，异乎寻常的怕人，便再不敢向那边看。他躲在远处的檐下的阴影里，觉得较为平安了；但在这平安中，忽而耳朵边又听得窃窃的低声说：

"这里没有……到山里去……"

陈士成似乎记得白天在街上也曾听得有人说这种话，他不待再听完，已经恍然大悟了。他突然仰面向天，月亮已向西高峰这方面隐去，远想离城三十五里的西高峰正在眼前，朝笏[2]一般黑魆魆的挺立着，周围便放出浩大闪烁的白光来。

而且这白光又远远的就在前面了。

"是的，到山里去！"

他决定的想，惨然的奔出去了。几回的开门声之后，门里面便再不闻一些声息。灯火结了大灯花照着空屋和坑洞，毕毕剥剥的炸了几声之后，便渐渐的缩小以至于无有，那是残油已经烧尽了。

"开城门来～～"

含着大希望的恐怖的悲声，游丝似的在西关门前的黎明中，战

1　周作人指出，人物原型子京的发病和清醒是交互发生的："譬如教着书忽然发狂，两三天后好了又教起书来，随后并未发狂，却动手掘藏了，即如我们看见他掘的那一次，便是神识清楚的，与小说所讲的并不一样。那时的结果是，石板下掘到相当深度，约有二三尺吧，发见大石头，用手去摸时是整方的一角，疑心是石椁，心慌了赶快爬上来，不意闪坏了腰，有好几天躺着起不来。"（《人物》）

2　朝笏：古代臣子朝见皇帝时所执狭长而稍弯的手板，按品级不同，分别用玉、象牙或竹制成，臣子将要奏的事书记其上，以免遗忘。

战兢兢的叫喊。

第二天的日中，有人在离西门十五里的万流湖里看见一个浮尸，当即传扬开去，终于传到地保的耳朵里了，便叫乡下人捞将上来。[1]那是一个男尸，五十多岁，"身中面白无须"，[2]浑身也没有什么衣裤。或者说这就是陈士成。但邻居懒得去看，也并无尸亲认领，于是经县委员相验之后，便由地保抬埋了。至于死因，那当然是没有问题的，剥取死尸的衣服本来是常有的事，够不上疑心到谋害去；而且仵作也证明是生前的落水，因为他确凿曾在水底里挣命，所以十个指甲里都满嵌着河底泥。

一九二二年六月。

1　周作人回忆：子京"末了一次，在塔子桥的惜字禅院坐庙头馆的时候，又发了狂，最初照例掌颊碰头，再用剪刀戳伤气管及前胸，又把稻草洒洋油点火，自己伏在上面，口称好爽快，末后从桥上投入河内，大叫道'老牛落水了！'邻人当初见他气势凶猛，不敢近前，这时才从水里把他搭救上来，送回家里，一句都不说苦痛，过了两天才死。"（《人物》）

2　鲁迅从江南陆师学堂附设的矿务铁路学堂毕业时得到的执照（毕业证）上这样写道："学生周树人现年十九岁身中面白无须浙江省绍兴府会稽县人今考得一等第三名"。

本篇最初发表于1922年7月10日上海《东方杂志》第十九卷第十三号。

在科举时代，屡试不第的人很多，不第而发疯者代不乏其人，当然也有因中举兴奋过度而发疯者，如文学作品中的典型人物范进，人们耳熟能详。科举考试历经千余年，种种情态，一部《儒林外史》岂能写尽。

《白光》中陈士成的经历和思想充分说明功名与利禄之间的关系：升官是为了发财，升官是发财的捷径；求名是为了获利，一时无名，先去获利，再拿利来得名，总之，名利攸关，无甚稀奇。陈士成求名不成，转而获利，获利不得，发疯而死，参加了16次考试仍没有考中的他转而寻求新生路——逐利，故事很简单。而寻宝传说到处都有，此类传说在一般老宅子里常见，有的还被编成口诀，类似民族国家史诗，代代相传，引逗后辈去做尝试，传奇性也有限。但小说题目《白光》这两个字却令人惊奇，真仿佛新潮的启蒙思想，给人指引——不过遗憾的是，将人引向歧途。陈士成跟随着神奇的

"白光"，先在自己院子里挖银子，没挖到；又在神情恍惚中听到一种声音去山中寻宝，最终失足落水而死。

陈士成与与孔乙己一样是科举制度的受害者，两人的命运看似差异不小，但有相通之处。孔乙己受气挨打，走投无路，已经到了精神失常的状态。陈士成在精神上则完全是狂人一路人物——但他在现实中没有痊愈，不能像狂人"赴某地候补"那样等待职位或者再战科场。他已经等不到下一场了，疯狂起始于第16次放榜时刻——"他似乎被太阳晒得头晕了，脸色越加变成灰白，从劳乏的红肿的两眼里，发出古怪的闪光。"

在《狂人日记》开篇，读者结识狂人的时候，就看到明亮的月光："今天晚上，很好的月光。我不见他，已是三十多年；今天见了，精神分外爽快。"西方精神分析学说认为月亮周期变化会引发精神疾病，鲁迅学过医，应谙于此道。《白光》写陈士成见到的月亮很有些异样，"铁的月亮的影"，应该是指打在地上的月的光影，这颜色一看就让人感到寒冷，对精神恍惚的人无疑会产生刺激。

鲁迅描写陈士成逐渐发狂的过程，用词一个比一个瘆人，一开始是"铁的光"，往下走就变成了更广大的"比硫黄火更白净，比朝雾更霏微"的光，接下来，陈士成从坑里挖出来那个可能也闪着"白光"的下巴骨，"在他手里索索的动弹起来，而且笑吟吟的显出笑影"——疯狂达到高峰。如同哈姆雷特在墓地拿着骷髅沉思时，他的疯狂以及与此相伴的彻底的虚无也就完成了。

最终，白光引导疯狂的陈士成到西高峰上，这山峰"朝笋一般黑魆魆的挺立着，周围便放出浩大闪烁的白光来。而且这白光又远远的就在前面了"。他发出"含着大希望的恐怖的悲声",走进了万流湖。

白光将人异化,岂但使之发疯而已。

兔和猫

　　住在我们后进院子里的三太太[1]，在夏间买了一对白兔，是给伊的孩子们看的。

　　这一对白兔，似乎离娘并不久，虽然是异类，也可以看出他们的天真烂熳来。但也竖直了小小的通红的长耳朵，动着鼻子，眼睛里颇现些惊疑的神色，大约究竟觉得人地生疏，没有在老家时候的安心了。这种东西，倘到庙会[2]日期自己出去买，每个至多不过两吊钱，而三太太却花了一元，因为是叫小使上店买来的。

　　孩子们自然大得意了，嚷着围住了看；大人也都围着看；还有一匹小狗名叫S的也跑来，闯过去一嗅，打了一个喷嚏，退了几步。三太太吆喝道，"S，听着，不准你咬他！"于是在他头上打了一掌，S便退开了，从此并不咬。

　　这一对兔总是关在后窗后面的小院子里的时候多，听说是因为

1　三太太的原型是周建人的第一个妻子羽太芳子，即周作人太太羽太信子的妹妹。

2　庙会：又称"庙市"，旧时在节日或规定的日子，设在寺庙或其附近的集市。

太喜欢撕壁纸，也常常啃木器脚。这小院子里有一株野桑树，桑子落地，他们最爱吃，便连喂他们的波菜也不吃了。乌鸦喜鹊想要下来时，他们便躬着身子用后脚在地上使劲的一弹，耸的一声直跳上来，像飞起了一团雪，鸦鹊吓得赶紧走，这样的几回，再也不敢近来了。三太太说，鸦鹊倒不打紧，至多也不过抢吃一点食料，可恶的是一匹大黑猫，常在矮墙上恶狠狠的看，这却要防的，幸而S和猫是对头，或者还不至于有什么罢。

孩子们时时捉他们来玩耍；他们很和气，竖起耳朵，动着鼻子，驯良的站在小手的圈子里，但一有空，却也就溜开去了。他们夜里的卧榻是一个小木箱，里面铺些稻草，就在后窗的房檐下。

这样的几个月之后，他们忽而自己掘土了，掘得非常快，前脚一抓，后脚一踢，不到半天，已经掘成一个深洞。大家都奇怪，后来仔细看时，原来一个的肚子比别一个的大得多了。他们第二天便将干草和树叶衔进洞里去，忙了大半天。

大家都高兴，说又有小兔可看了；三太太便对孩子们下了戒严令，从此不许再去捉。我的母亲也很喜欢他们家族的繁荣，还说待生下来的离了乳，也要去讨两匹来养在自己的窗外面。

他们从此便住在自造的洞府里，有时也出来吃些食，后来不见了，可不知道他们是预先运粮存在里面呢还是竟不吃。过了十多天，三太太对我说，那两匹又出来了，大约小兔是生下来又都死掉了，因为雌的一匹的奶非常多，却并不见有进去哺养孩子的形迹。伊言语之间颇气愤，然而也没有法。

有一天，太阳很温暖，也没有风，树叶都不动，我忽听得许多人在那里笑，寻声看时，却见许多人都靠着三太太的后窗看：原来有一个小兔，在院子里跳跃了。这比他的父母买来的时候还小得远，但也已经能用后脚一弹地，迸跳起来了。孩子们争着告诉我说，还看见一个小兔到洞口来探一探头，但是即刻缩回去了，那该是他的弟弟罢。

那小的也检些草叶吃，然而大的似乎不许他，往往夹口的抢去了，而自己并不吃。孩子们笑得响，那小的终于吃惊了，便跳着钻进洞里去；大的也跟到洞门口，用前脚推着他的孩子的脊梁，推进之后，又爬开泥土来封了洞。

从此小院子里更热闹，窗口也时时有人窥探了。

然而竟又全不见了那小的和大的。这时是连日的阴天，三太太又虑到遭了那大黑猫的毒手的事去。我说不然，那是天气冷，当然都躲着，太阳一出，一定出来的。

太阳出来了，他们却都不见。于是大家就忘却了。

惟有三太太是常在那里喂他们波菜的，所以常想到。伊有一回走进窗后的小院子去，忽然在墙角上发见了一个别的洞，再看旧洞口，却依稀的还见有许多爪痕。这爪痕倘说是大兔的，爪该不会有这样大，伊又疑心到那常在墙上的大黑猫去了，伊于是也就不能不定下发掘的决心了。伊终于出来取了锄子，一路掘下去，虽然疑心，却也希望着意外的见了小白兔的，但是待到底，却只见一堆烂草夹些兔毛，怕还是临蓐时候所铺的罢，此外是冷清清的，全没有什么雪白的小兔的踪迹，以及他那只一探头未出洞外的弟弟了。

气愤和失望和凄凉，使伊不能不再掘那墙角上的新洞了。

一动手，那大的两匹便先窜出洞外面。伊以为他们搬了家了，很高兴，然而仍然掘，待见底，那里面也铺着草叶和兔毛，而上面却睡着七个很小的兔，遍身肉红色，细看时，眼睛全都没有开。

一切都明白了，三太太先前的预料果不错。伊为预防危险起见，便将七个小的都装在木箱中，搬进自己的房里，又将大的也捺进箱里面，勒令伊去哺乳。

三太太从此不但深恨黑猫，而且颇不以大兔为然了。据说当初那两个被害之先，死掉的该还有，因为他们生一回，决不至于只两个，但为了哺乳不匀，不能争食的就先死了。这大概也不错的，现在七个之中，就有两个很瘦弱。所以三太太一有闲空，便捉住母兔，将小兔一个一个轮流的摆在肚子上来喝奶，不准有多少。

母亲对我说，那样麻烦的养兔法，伊历来连听也未曾听到过，恐怕是可以收入《无双谱》[1]的。

白兔的家族更繁荣；大家也又都高兴了。

但自此之后，我总觉得凄凉。夜半在灯下坐着想，那两条小性命，竟是人不知鬼不觉的早在不知什么时候丧失了，生物史上不着一些痕迹，并S也不叫一声。我于是记起旧事来，先前我住在会馆里，清早起身，只见大槐树下一片散乱的鸽子毛，这明明是膏于鹰吻的了，上午长班[2]来一打扫，便什么都不见，谁知道曾有一个生命断送在这里呢？我又曾路过西四牌楼，看见一匹小狗被马车轧得快

1　《无双谱》：清代金古良编绘，内收从汉到宋四十个行为独特人物的画像，并各附一诗。这里借用来形容三太太的做法奇特古怪。

2　长班：旧时官员的随身仆人，也用以称一般的"听差"。

死，待回来时，什么也不见了，搬掉了罢，过往行人憧憧的走着，谁知道曾有一个生命断送在这里呢？夏夜，窗外面，常听到苍蝇的悠长的吱吱的叫声，这一定是给蝇虎咬住了，然而我向来无所容心于其间，而别人并且不听到……

假使造物也可以责备，那么，我以为他实在将生命造得太滥，毁得太滥了。

嗥的一声，又是两条猫在窗外打起架来。

"迅儿！你又在那里打猫了？"[1]

"不，他们自己咬。他那里会给我打呢。"

我的母亲是素来很不以我的虐待猫为然的，现在大约疑心我要替小兔抱不平，下什么辣手，便起来探问了。而我在全家的口碑上，却的确算一个猫敌。我曾经害过猫，平时也常打猫，尤其是在他们配合的时候。但我之所以打的原因并非因为他们配合，是因为他们嚷，嚷到使我睡不着，我以为配合是不必这样大嚷而特嚷的。

况且黑猫害了小兔，我更是"师出有名"的了。我觉得母亲实在太修善，于是不由的就说出模棱的近乎不以为然的答话来。

造物太胡闹，我不能不反抗他了，虽然也许是倒是帮他的忙……

那黑猫是不能久在矮墙上高视阔步的了，我决定的想，于是又

1　鲁迅在《狗·猫·鼠》一文中举出自己仇猫的几个原因："现在说起我仇猫的原因来，自己觉得是理由充足，而且光明正大的。一，它的性情就和别的猛兽不同，凡捕食雀鼠，总不肯一口咬死，定要尽情玩弄，放走，又捉住，捉住，又放走，直待自己玩厌了，这才吃下去，颇与人们的幸灾乐祸，慢慢地折磨弱者的坏脾气相同。二，它不是和狮虎同族的么？可是有这么一副媚态！但这也许是限于天分之故罢，假使它的身材比现在大十倍，那就真不知道它所取的是怎么一种态度。"

不由的一瞥那藏在书箱里的一瓶青酸钾[1]。

一九二二年十月。

1　青酸钾：应作氰酸钾，一种剧毒的化学品。

本篇最初发表于1922年10月10日北京《晨报副刊》。

《兔和猫》是自传性的小说，是鲁迅全家搬到八道湾十一号三进宅院后，三代同堂大家庭生活的写照。如果对号入座，小说中的三太太正是周建人太太羽太芳子，与下一篇《鸭的喜剧》中的二太太"仲密夫人"羽太信子是亲姐妹，姐妹二人嫁给兄弟二人，是所谓叠亲。这两篇无论是题材内容，还是写作风格都具有极大的近似性，堪称姊妹篇。

这篇小说隐藏着一个外国友人，要到下一篇才登场，这就是乌克兰诗人爱罗先珂，因为三太太等人在宅院里耕种和养殖，是受了爱罗先珂的鼓舞。《鸭的喜剧》里写爱罗先珂劝诱周家在院子里种菜、养蜂、养鸡、养猪等。于是有了三太太的养兔和《鸭的喜剧》中所写的仲密夫人养鸭。两篇在《呐喊》中是异质性的存在，展现了鲁迅现实人生少有的悠闲、温馨和乐趣，格调是童话的梦幻般的风格。评论者一般认为鲁迅借此篇表达其"幼者本位"的思想，即同情兔子而讨厌猫——因为后者破坏了童话世界的梦境。

小说中的人物富有人情味，人与人的关系也是美好的。三太太常常出现在鲁迅日记里，1923年鲁迅与周作人失和，搬离了八道湾十一号以后，仍与三太太往来。但是鲁迅很少在作品里写家中的女性，尤其是两位兄弟的妻子，更不方便书写。这篇作品却是勾勒了一个不乏可爱性格的年轻女性三太太，她养兔养得那么吃力，那么袒护小兔，体现出她的爱心和童趣，此时三太太芳子的丈夫周建人已经在上海商务印书馆供职谋生 —— 他决心不想在两位著名的兄长的羽翼下过活，日后他与芳子渐行渐远，终于解除婚姻关系，此乃后话。

　　鲁迅常常被批评为不写或少写母亲也可借此篇反驳，小说中的母亲也参与养兔中，她关注三太太养兔细节，并以"无双记"典故来揶揄三太太的古怪麻烦的养兔法，其中也包含着一种善意的嘲讽。而关于小兔子价格的叙述，就可能略有一些谴责之意了。

　　鲁迅在小说里特别写到他与母亲住在一起，而三太太等人是住在"后院里"的，这是八道湾十一号的住房格局，鲁迅与母亲和从未在《呐喊》以及其他文学作品里出场过的朱安住在前院。

　　周作人也生活在八道湾十一号，大约是不愿看到自己家庭的生活被记录在文字中吧，他对这类作品的评价是："集中有些牧歌式的小话都非佳作。"（《关于鲁迅》）"牧歌式"，犹言精神上是诗的，形体短小。鲁迅的小说创作处在新文学开创阶段，他自己在"自序"中说这些是"小说模样的文章"，但小说究竟应该是什么样子，还没有一定的格式。鲁迅也在做着文体试验。因此，《呐喊》在获得赞誉之外，也引发很多批评。在文体界定方面，天用（朱湘）的《桌话——〈呐喊〉〉认定《呐喊》中的"这十五篇小说本来都是些杂感",在叙事结构等方面存在问题；华西里在《评鲁迅的〈呐喊〉》中认为，《呐喊》中"能够称上为小说的不过三四篇。其余系一些随笔"，"第五篇《一件小事》简直不是小说，是一篇随笔，毫无价值"，《兔和猫》则是"一篇记事，记载他幼年遇见的事迹，虽然其中描写兔和猫的生活，然而不能如此，便称它是小说"；苏雪林则认为，"《一件小事》《头发的故事》体裁源于杂感；《兔和猫》《鸭的喜剧》体裁源于小品；惟《风波》《阿Ｑ正传》才能称为真正的短篇小说"；杨邨人认为《一件小事》实在"不像小说"，"说它是一篇'随笔'，这未免言之太过呢"，"不如说它是一篇'座右铭'比较切当一点"；李长之讲得更严厉："我觉得鲁迅有几篇东西，都写得特别坏，坏到不可原谅的地步。在《呐喊》里，是《头发的故事》《一件小事》和《端午节》……有的因为故事太简单，称之为小说呢，当然看着空洞；散文吧，又不美，也不亲切，即使派作是杂感，也觉得松弛不紧凑，结果就成了'吗也不是'的光景"。

也有评论者赞扬鲁迅的文字有抒情成分，有诗意，倒是正面的赞扬。李长之称赞《阿Ｑ正传》的"闲散、从容，而带有节奏的韵致"的文字是"美的散文"，《呐喊》中的成功作品清楚地"代表一种主观的、伤感的、浪漫气分的东西"，认为鲁迅小说成功的原因，主要是作者有诗人一样的"抒情"成分；吕荧认为鲁迅小说具有散记体的形态，"风格是叙述的诗"，它的结构是直线发展的演绎体的散记，它的人物多半是终结形态的形象，它的诗心渲染着情感的彩色，颤动着"生命的呼吸"。

小说是开放的文体，有无限的可能性。鲁迅在中国新文学的起步阶段，用实验性的创作为小说开辟了广阔的空间。

鸭的喜剧

俄国的盲诗人爱罗先珂[1]君带了他那六弦琴到北京之后不多久，便向我诉苦说：

"寂寞呀，寂寞呀，在沙漠上似的寂寞呀！"

这应该是真实的，但在我却未曾感得；我住得久了，"入芝兰之室，久而不闻其香"[2]，只以为很是嚷嚷罢了。然而我之所谓嚷嚷，或者也就是他之所谓寂寞罢。

我可是觉得在北京仿佛没有春和秋。老于北京的人说，地气北转了，这里在先是没有这么和暖。只是我总以为没有春和秋；冬末和夏初衔接起来，夏才去，冬又开始了。

1　爱罗先珂（1890—1952），俄国诗人和童话作家，世界语学者。1914年离开俄国在东亚一带游历，1921年5月因在日本参加社会主义活动，被视为有"危险思想"而遭驱逐，8月到达哈尔滨，10月到上海。1922年2月底，受蔡元培聘请到北京大学教授世界语等课程。由于爱罗先珂是盲人，生活不能自理，蔡元培便把他托付给鲁迅、周作人照料，因为鲁迅懂日语，周作人懂日语、世界语。爱罗先珂被安排在八道湾周宅最后一进的东屋。周氏兄弟特别是周作人几乎成了爱罗先珂的秘书、向导、翻译，为他代领薪水、换钱，代写书信和记录讲演稿，代发电报，陪同并翻译演讲、陪同出游、饮宴等。

2　"入芝兰之室，久而不闻其香"：语见《孔子家语·六本》。

爱罗先珂和鲁迅等人的合影

　　一日就是这冬末夏初的时候，而且是夜间，我偶而得了闲暇，去访问爱罗先珂君。他一向寓在仲密君的家里；这时一家的人都睡了觉了，天下很安静。他独自靠在自己的卧榻上，很高的眉棱在金黄色的长发之间微蹙了，是在想他旧游之地的缅甸，缅甸的夏夜。

　　"这样的夜间，"他说，"在缅甸是遍地是音乐。房里，草间，树上，都有昆虫吟叫，各种声音，成为合奏，很神奇。其间时时夹着蛇鸣：'嘶嘶！'可是也与虫声相和协……"他沉思了，似乎想要追想起那时的情景来。

　　我开不得口。这样奇妙的音乐，我在北京确乎未曾听到过，所以即使如何爱国，也辩护不得，因为他虽然目无所见，耳朵是没有聋的。

"北京却连蛙鸣也没有……"他又叹息说。

"蛙鸣是有的！"这叹息，却使我勇猛起来了，于是抗议说，"到夏天，大雨之后，你便能听到许多虾蟆叫，那是都在沟里面的，因为北京到处都有沟。"

"哦……"

过了几天，我的话居然证实了，因为爱罗先珂君已经买到了十几个科斗子。他买来便放在他窗外的院子中央的小池里。那池的长有三尺，宽有二尺，是仲密所掘，以种荷花的荷池。从这荷池里，虽然从来没有见过养出半朵荷花来，然而养虾蟆却实在是一个极合式的处所。

科斗成群结队的在水里面游泳；爱罗先珂君也常常踱来访他们。有时候，孩子告诉他说，"爱罗先珂先生，他们生了脚了。"他便高兴的微笑道，"哦！"

然而养成池沼的音乐家却只是爱罗先珂君的一件事。他是向来主张自食其力的，常说女人可以畜牧，男人就应该种田。所以遇到很熟的友人，他便要劝诱他就在院子里种白菜；也屡次对仲密夫人劝告，劝伊养蜂，养鸡，养猪，养牛，养骆驼。后来仲密家里果然有了许多小鸡，满院飞跑，啄完了铺地锦的嫩叶，大约也许就是这劝告的结果了。

从此卖小鸡的乡下人也时常来，来一回便买几只，因为小鸡是容易积食，发痧，很难得长寿的；而且有一匹还成了爱罗先珂君在北京所作唯一的小说《小鸡的悲剧》[1]里的主人公。有一天的上午，那乡下人竟意外的带了小鸭来了，咻咻的叫着；但是仲密夫人说不要。爱罗先珂君也跑出来，他们就放一个在他两手里，而小鸭便在他两手里咻咻的叫。他以为这也很可爱，于是又不能不买了，一共买了四个，每个八十文。

小鸭也诚然是可爱，遍身松花黄，放在地上，便蹒跚的走，互相招呼，总是在一处。大家都说好，明天去买泥鳅来喂他们罢。爱罗先珂君说，"这钱也可以归我出的。"

他于是教书去了；大家也走散。不一会，仲密夫人拿冷饭来喂他们时，在远处已听得泼水的声音，跑到一看，原来那四个小鸭都在荷池里洗澡了，而且还翻筋斗，吃东西呢。等到拦他们上了岸，全池已经是浑水，过了半天，澄清了，只见泥里露出几条细藕来；而且再也寻不出一个已经生了脚的科斗了。

"伊和希珂先，没有了，虾蟆的儿子。"傍晚时候，孩子们一见他回来，最小的一个便赶紧说。

"唔，虾蟆？"

仲密夫人也出来了，报告了小鸭吃完科斗的故事。

"唉，唉！……"他说。

待到小鸭褪了黄毛，爱罗先珂君却忽而渴念着他的"俄罗斯母亲"了，便匆匆的向赤塔去。

1　《小鸡的悲剧》，爱罗先珂所作童话。鲁迅于1922年7月译出。作品叙述一只小鸡不想与同类相处，只想与小鸭相伴，为了能像小鸭一样游泳，勇敢下水，不幸溺亡。

待到四处蛙鸣的时候，小鸭也已经长成，两个白的，两个花的，而且不复啾啾的叫，都是"鸭鸭"的叫了。荷花池也早已容不下他们盘桓了，幸而仲密的住家的地势是很低的，夏雨一降，院子里满积了水，他们便欣欣然，游水，钻水，拍翅子，"鸭鸭"的叫。

现在又从夏末交了冬初，而爱罗先珂君还是绝无消息，不知道究竟在那里了。[1]

只有四个鸭，却还在沙漠上"鸭鸭"的叫。

一九二二年十月。

1　爱罗先珂7月初离开北京，原计划9月返回，然而到了秋天仍无消息，鲁迅写这篇文章时是以为他不会回来了。但11月份爱罗先珂回到北京，仍住周家至次年4月离开中国。

本篇最初发表于上海《妇女杂志》第八卷第十二号（1922年12月）。

鲁迅曾译有爱罗先珂的童话《小鸡的悲剧》,《鸭的喜剧》取名与之相映成趣。

《鸭的喜剧》的写作背景是：1922年7月爱罗先珂离开北京赴芬兰参加第十四次国际世界语大会，直至11月才返回。周作人说："本文作于一九二二年十月，正是他预定的期日已过，大家疑心他不再来了的时候，所以有点给他作纪念的意思的。"

本篇无论题材还是文体在《呐喊》中都有些特别的意味。从题材来说，是《呐喊》中唯一一篇纪实性怀旧忆人之作，同类题材，他日后写下更多篇，如《朝花夕拾》中的《藤野先生》和《范爱农》及《华盖集续编》中的《记念刘和珍君》等；从文体来说，本篇与《呐喊》中的《兔和猫》《社戏》三篇同为诗化小说，是鲁迅对现代小说文体多样性的贡献。

鲁迅一生写过很多忆人文章，但大多数都是追忆逝者的，除了

《范爱农》《记念刘和珍君》等，还有《忆韦素园君》《写于深夜里》等，所回忆者都是重要的友朋，有同辈，也有学生。这些写给逝去友朋的名篇，寄托了鲁迅很深厚的情感，这些情感对象对他来说都非常重要，却又永远失去，所以文章里萦绕着难以释怀的感情。但也有回忆在世友朋的，这方面最有影响力的是《藤野先生》，而本篇与之相比影响力要弱一些，本篇与《呐喊》中的其他篇章相比，因为不属于激越之作，影响力也不及《狂人日记》《阿Q正传》等篇章。

爱罗先珂1922年2月底到北京大学任教，由蔡元培安排，借住在周氏三兄弟的八道湾十一号家中。周家担负照顾爱罗先珂的职责，尽心尽力。鲁迅是这位诗人、童话作家作品汉语译者中最为勤奋勉力者，他欣赏、赞美爱罗先珂文学中的"虐待者的苦痛的呼声"。因为并没有惊天动地的事件和激烈的冲突，本篇写得不哀伤，情感不郁结，没有《藤野先生》中师生告别的凝重场景，也没有失去联系后"我"无以成绩告慰藤野先生的愧疚。爱罗先珂暂时离开北京，以北京大学教师身份参加世界语大会，鲁迅与爱罗先珂七月间分别时是预期重逢的，爱罗先珂的六弦琴还放在周家的卧室里。爱罗先珂本不打算在中国长住，他因为遭受日本政府驱逐，流亡到中国，内心有计划日后还要回到欧洲继续学习。因此他的离去是早晚的事，十月份没有回来，虽有点意外，仍在鲁迅接受范围里。并且对鲁迅来说，他也由衷为爱罗先珂的选择高兴，毕竟北京的生活是"在沙漠上似的"，太寂寞了。爱罗先珂是具有浓郁诗意和人间味的人，应该去往更适合他的地方。

鲁迅在《鸭的喜剧》中通过写爱罗先珂在八道湾十一号大院中倡导自耕自足的田园生活的失败，幽默了一笔，回应了爱罗先珂对北京是"沙漠"之地的讽刺——没有诗、没有爱、没有音乐等，好不容易有了鸭子、蝌蚪，却造成了鸭子吃掉蝌蚪的"悲剧"——也许，鸭的悲剧还在后头。即便如此，小说结尾，大院中几只小鸭追逐嬉闹，留存爱罗先珂当日所在的一点欢乐气息，寄托着周家人的想念。

爱罗先珂于11月初回到北京，带给周家人的喜悦可想而知。鲁迅与爱罗先珂在文学上产生新的互动，就是后话了。

社戏

　　我在倒数上去的二十年中，只看过两回中国戏，前十年是绝不看，因为没有看戏的意思和机会，那两回全在后十年，然而都没有看出什么来就走了。

　　第一回是民国元年我初到北京的时候，当时一个朋友对我说，北京戏最好，你不去见见世面么？我想，看戏是有味的，而况在北京呢。于是都兴致勃勃的跑到什么园，[1]戏文已经开场了，在外面也早听到冬冬地响。我们挨进门，几个红的绿的在我的眼前一闪烁，便又看见戏台下满是许多头，再定神四面看，却见中间也还有几个空座，挤过去要坐时，又有人对我发议论，我因为耳朵已经喤喤的响着了，用了心，才听到他是说"有人，不行！"

　　我们退到后面，一个辫子很光的却来领我们到了侧面，指出一

1　鲁迅写作此篇时，北京文化界正进行新旧戏存废、改革大讨论。新文化倡导者竭力抨击旧剧。胡适在《文学进化观念与戏剧改良》中说："看中国戏台上，跳过桌子便是跳墙；站在桌子上便是登山；四个跑龙套便是一千人马……这种粗笨愚蠢，不真不实，自欺欺人的做作，看了真可使人作呕！"他们并没有完成废除旧戏的任务，这些激烈的言辞或者可以对促使旧戏改革起到一些作用。

个地位来。这所谓地位者，原来是一条长凳，然而他那坐板比我的上腿要狭到四分之三，他的脚比我的下腿要长过三分之二。我先是没有爬上去的勇气，接着便联想到私刑拷打的刑具，不由的毛骨悚然的走出了。

走了许多路，忽听得我的朋友的声音道："究竟怎的？"我回过脸去，原来他也被我带出来了。他很诧异的说："怎么总是走，不答应？"我说："朋友，对不起，我耳朵只在喤喤的响，并没有听到你的话。"

后来我每一想到，便很以为奇怪，似乎这戏太不好，——否则便是我近来在戏台下不适于生存了。

第二回忘记了那一年，总之是募集湖北水灾捐而谭叫天[1]还没有死。捐法是两元钱买一张戏票，可以到第一舞台[2]去看戏，扮演的多是名角，其一就是小叫天。我买了一张票，本是对于劝募人聊以塞责的，然而似乎又有好事家乘机对我说了些叫天不可不看的大法要了。我于是忘了前几年的冬冬喤喤之灾，竟到第一舞台去了，但大约一半也因为重价购来的宝票，总得使用了才舒服。我打听得叫天出台是迟的，而第一舞台却是新式构造，用不着争座位，便放了心，延宕到九点钟才出去，谁料照例，人都满了，连立足也难，我只得挤在远处的人丛中看一个老旦在台上唱。那老旦嘴边插着两个

1　谭叫天，即谭鑫培（1847—1917），又称小叫天，当时的京剧演员，擅长老生戏。

2　"第一舞台是北京最早的新式剧场，于民国三年（1914）开业……观众席共三层，第一层分
　　为池座与廊座，第二层为前沿设有木隔板之包厢，第三层为散座。第一舞台就当时而言，是
　　非常新颖、完备的剧场……可容纳观众约2500人。"（薛林平《北京民国时期的剧场建筑》）

点火的纸捻子，旁边有一个鬼卒，我费尽思量，才疑心他或者是目连[1]的母亲，因为后来又出来了一个和尚。然而我又不知道那名角是谁，就去问挤小在我的左边的一位胖绅士。他很看不起似的斜瞥了我一眼，说道，"龚云甫[2]！"我深愧浅陋而且粗疏，脸上一热，同时脑里也制出了决不再问的定章，于是看小旦唱，看花旦唱，看老生唱，看不知什么角色唱，看一大班人乱打，看两三个人互打，从九点多到十点，从十点到十一点，从十一点到十一点半，从十一点半到十二点，——然而叫天竟还没有来。

我向来没有这样忍耐的等候过什么事物，而况这身边的胖绅士的吁吁的喘气，这台上的冬冬喤喤的敲打，红红绿绿的晃荡，加之以十二点，忽而使我省悟到在这里不适于生存了。我同时便机械的拧转身子，用力往外只一挤，觉得背后便已满满的，大约那弹性的胖绅士早在我的空处胖开了他的右半身了。我后无回路，自然挤而又挤，终于出了大门。街上除了专等看客的车辆之外，几乎没有什么行人了，大门口却还有十几个人昂着头看戏目，别有一堆人站着并不看什么，我想：他们大概是看散戏之后出来的女人们的，而叫天却还没有来……

然而夜气很清爽，真所谓"沁人心脾"，我在北京遇着这样的好空气，仿佛这是第一遭了。

1　目连：释迦牟尼的弟子。据《盂兰盆经》说，目连的母亲因违犯佛教戒律，死后堕入地狱。目连曾入地狱救母。《目连救母》一剧旧时在民间很流行。鲁迅少年时参演过目连戏，后又在《门外文谈》《无常》《女吊》等文章中介绍绍兴目连戏，颇多赞美之词。

2　龚云甫（1862—1932），当时的京剧演员，擅长老旦戏，声音沙脆清苍，有"脑后音"之誉。表演方面颇有创新，如在老旦身段中融入青衣、花旦的舞蹈动作。

这一夜，就是我对于中国戏告了别的一夜，此后再没有想到他，即使偶而经过戏园，我们也漠不相关，精神上早已一在天之南一在地之北了。

但是前几天，我忽在无意之中看到一本日本文的书，可惜忘记了书名和著者，总之是关于中国戏的。其中有一篇，大意仿佛说，中国戏是大敲，大叫，大跳，使看客头昏脑眩，很不适于剧场，但若在野外散漫的所在，远远的看起来，也自有他的风致。我当时觉着这正是说了在我意中而未曾想到的话，因为我确记得在野外看过很好的好戏，到北京以后的连进两回戏园去，也许还是受了那时的影响哩。可惜我不知道怎么一来，竟将书名忘却了。[1]

至于我看那好戏的时候，却实在已经是"远哉遥遥"的了，其时恐怕我还不过十一二岁[2]。我们鲁镇的习惯，本来是凡有出嫁的女儿，倘自己还未当家，夏间便大抵回到母家去消夏。那时我的祖母虽然还康健，但母亲也已分担了些家务，所以夏期便不能多日的归省了，只得在扫墓完毕之后，抽空去住几天，这时我便每年跟了我的母亲住在外祖母的家里。那地方叫平桥村，是一个离海边不远，极偏僻的，临河的小村庄；住户不满三十家，都种田，打鱼，只有一家很小的杂货店。但在我是乐土：因为我在这里不但得到优待，又可以免念"秩秩斯干幽幽南山"[3]了。

1　应为日本汇文堂书店大正八年（1919年）9月出版的《品梅记》。该书辑录对梅兰芳第一次赴日公演的评论。

2　鲁迅十三岁时，家庭遭到大变故。所以他"十一二岁"时随母亲省亲到外婆家，还是城里大户人家的少爷，很受尊敬。

3　语见《诗经·小雅·斯干》。

和我一同玩的是许多小朋友，因为有了远客，他们也都从父母那里得了减少工作的许可，伴我来游戏。在小村里，一家的客，几乎也就是公共的。我们年纪都相仿，但论起行辈来，却至少是叔子，有几个还是太公，因为他们合村都同姓，是本家。然而我们是朋友，即使偶而吵闹起来，打了太公，一村的老老小小，也决没有一个会想出"犯上"这两个字来，而他们也百分之九十九不识字。

我们每天的事情大概是掘蚯蚓，掘来穿在铜丝做的小钩上，伏在河沿上去钓虾。虾是水世界里的呆子，决不惮用了自己的两个钳捧着钩尖送到嘴里去的，所以不半天便可以钓到一大碗。这虾照例是归我吃的。其次便是一同去放牛，但或者因为高等动物了的缘故罢，黄牛水牛都欺生，敢于欺侮我，因此我也总不敢走近身，只好远远地跟着，站着。这时候，小朋友们便不再原谅我会读"秩秩斯干"，却全都嘲笑起来了。

至于我在那里所第一盼望的，却在到赵庄去看戏。赵庄是离平桥村五里的较大的村庄；平桥村太小，自己演不起戏，每年总付给赵庄多少钱，算作合做的。当时我并不想到他们为什么年年要演戏。现在想，那或者是春赛，是社戏[1]了。

就在我十一二岁时候的这一年，这日期也看看等到了。不料这一年真可惜，在早上就叫不到船。平桥村只有一只早出晚归的航船是大船，决没有留用的道理。其余的都是小船，不合用；央人到邻村去问，也没有，早都给别人定下了。外祖母很气恼，怪家里的人

1　"社"原指土地神或土地庙。社是绍兴区域名称，社戏就是社中每年所演的"年规戏"。

不早定，絮叨起来。母亲便宽慰伊，说我们鲁镇的戏比小村里的好得多，一年看几回，今天就算了。只有我急得要哭，母亲却竭力的嘱咐我，说万不能装模装样，怕又招外祖母生气，又不准和别人一同去，说是怕外祖母要担心。

总之，是完了。到下午，我的朋友都去了，戏已经开场了，我似乎听到锣鼓的声音，而且知道他们在戏台下买豆浆喝。

这一天我不钓虾，东西也少吃。母亲很为难，没有法子想。到晚饭时候，外祖母也终于觉察了，并且说我应当不高兴，他们太怠慢，是待客的礼数里从来所没有的。吃饭之后，看过戏的少年们也都聚拢来了，高高兴兴的来讲戏。只有我不开口；他们都叹息而且表同情。忽然间，一个最聪明的双喜大悟似的提议了，他说，"大船？八叔的航船不是回来了么？"十几个别的少年也大悟，立刻撺掇起来，说可以坐了这航船和我一同去。我高兴了。然而外祖母又怕都是孩子们，不可靠；母亲又说是若叫大人一同去，他们白天全有工作，要他熬夜，是不合情理的。在这迟疑之中，双喜可又看出底细来了，便又大声的说道，"我写包票！船又大；迅哥儿向来不乱跑；我们又都是识水性的！"

诚然！这十多个少年，委实没有一个不会凫水的，而且两三个还是弄潮的好手。

外祖母和母亲也相信，便不再驳回，都微笑了。我们立刻一哄的出了门。

我的很重的心忽而轻松了，身体也似乎舒展到说不出的大。一出门，便望见月下的平桥内泊着一只白篷的航船，大家跳下船，双喜拔前篙，阿发拔后篙，年幼的都陪我坐在舱中，较大的聚在船尾。母亲送出来吩咐"要小心"的时候，我们已经点开船，在桥石上一磕，退后几尺，即又上前出了桥。于是架起两支橹，一支两人，一里一换，有说笑的，有嚷的，夹着潺潺的船头激水的声音，在左右都是碧绿的豆麦田地的河流中，飞一般径向赵庄前进了。

两岸的豆麦和河底的水草所发散出来的清香，夹杂在水气中扑面的吹来；月色便朦胧在这水气里。淡黑的起伏的连山，仿佛是踊跃的铁的兽脊似的，都远远地向船尾跑去了，但我却还以为船慢。他们换了四回手，渐望见依稀的赵庄，而且似乎听到歌吹了，还有几点火，料想便是戏台，但或者也许是渔火。

那声音大概是横笛，宛转，悠扬，使我的心也沉静，然而又自失起来，觉得要和他弥散在含着豆麦蕴藻之香的夜气里。

那火接近了，果然是渔火；我才记得先前望见的也不是赵庄。那是正对船头的一丛松柏林，我去年也曾经去游玩过，还看见破的石马倒在地下，一个石羊蹲在草里呢。过了那林，船便弯进了叉港，于是赵庄便真在眼前了。

最惹眼的是屹立在庄外临河的空地上的一座戏台，模胡在远外的月夜中，和空间几乎分不出界限，我疑心画上见过的仙境，就在这里出现了。这时船走得更快，不多时，在台上显出人物来，红红绿绿的动，近台的河里一望乌黑的是看戏的人家的船篷。

"近台没有什么空了，我们远远的看罢。"阿发说。

这时船慢了，不久就到，果然近不得台旁，大家只能下了篙，比那正对戏台的神棚还要远。其实我们这白篷的航船，本也不愿意

皇甫庄包公殿。鲁迅幼年时曾乘船在这里看社戏

和乌篷的船在一处，而况并没有空地呢……[1]

在停船的匆忙中，看见台上有一个黑的长胡子的背上插着四张旗，捏着长枪，和一群赤膊的人正打仗。双喜说，那就是有名的铁头老生，能连翻八十四个筋斗，他日里亲自数过的。

我们便都挤在船头上看打仗，但那铁头老生却又并不翻筋斗，只有几个赤膊的人翻，翻了一阵，都进去了，接着走出一个小旦来，咿咿呀呀的唱。双喜说，"晚上看客少，铁头老生也懈了，谁肯显本

1　乌篷指扣在船上的用竹篾编织成的船篷被乌油漆成黑色。只用熟桐油涂于船篷上，则船篷的颜色为竹篾之色，与乌篷相异，绍兴人称其为"白篷"。"只有大地主、官宦人家才有自家的乌篷船"。（裘士雄、黄中海、张观达《鲁迅笔下的绍兴风情》）《阿Q正传》中举人老爷送财物到未庄赵太爷家所用的就是一只"大乌篷船"。而白篷船多是农用船和公共交通运输工具。

领给白地看呢？"我相信这话对，因为其时台下已经不很有人，乡下人为了明天的工作，熬不得夜，早都睡觉去了，疏疏朗朗的站着的不过是几十个本村和邻村的闲汉。乌篷船里的那些土财主的家眷固然在，然而他们也不在乎看戏，多半是专到戏台下来吃糕饼水果和瓜子的。所以简直可以算白地。

然而我的意思却也并不在乎看翻筋斗。我最愿意看的是一个人蒙了白布，两手在头上捧着一支棒似的蛇头的蛇精，其次是套了黄布衣跳老虎。但是等了许多时都不见，小旦虽然进去了，立刻又出来了一个很老的小生。我有些疲倦了，托桂生买豆浆去。他去了一刻，回来说，"没有。卖豆浆的聋子也回去了。日里倒有，我还喝了两碗呢。现在去舀一瓢水来给你喝罢。"

我不喝水，支撑着仍然看，也说不出见了些什么，只觉得戏子的脸都渐渐的有些稀奇了，那五官渐不明显，似乎融成一片的再没有什么高低。年纪小的几个多打呵欠了，大的也各管自己谈话。忽而一个红衫的小丑被绑在台柱子上，给一个花白胡子的用马鞭打起来了，大家才又振作精神的笑着看。在这一夜里，我以为这实在要算是最好的一折。[1]

然而老旦终于出台了。老旦本来是我所最怕的东西，尤其是怕他坐下了唱。这时候，看见大家也都很扫兴，才知道他们的意见是

---

[1] 应为绍剧《五美图》中的一折《游园吊打》，叙述唐德宗年间定国公朱文光之女绣凤某天见一后生躲避在东园，初以为贼，问情得悉，乃金殿邦之子文铭，因父被奸臣卢杞所害，自己被官府画图捉拿。不久官兵追到朱家后园，文铭跳进墙内。绣凤甚表同情，留文铭暂住。后被喜官丁奉探知，到朱家查问，被绣凤痛斥赶走。丁奉向卢廷宝报告朱女貌美，廷宝意欲强占，文铭奋力抵挡。廷宝纠集众家丁夜闯朱家再抢，恰逢朱文光奉旨回京，乘便来家，捉住廷宝、丁奉，罚写服状后赶出。

236

和我一致的。那老旦当初还只是踱来踱去的唱，后来竟在中间的一把交椅上坐下了。我很担心；双喜他们却就破口喃喃的骂。我忍耐的等着，许多工夫，只见那老旦将手一抬，我以为就要站起来了，不料他却又慢慢的放下在原地方，仍旧唱。全船里几个人不住的吁气，其余的也打起呵欠来。双喜终于熬不住了，说道，怕他会唱到天明还不完，还是我们走的好罢。大家立刻都赞成，和开船时候一样踊跃，三四人径奔船尾，拔了篙，点退几丈，回转船头，架起橹，骂着老旦，又向那松柏林前进了。[1]

月还没有落，仿佛看戏也并不很久似的，而一离赵庄，月光又显得格外的皎洁。回望戏台在灯火光中，却又如初来未到时候一般，又漂渺得像一座仙山楼阁，满被红霞罩着了。吹到耳边来的又是横笛，很悠扬；我疑心老旦已经进去了，但也不好意思说再回去看。

不多久，松柏林早在船后了，船行也并不慢，但周围的黑暗只是浓，可知已经到了深夜。他们一面议论着戏子，或骂，或笑，一面加紧的摇船。这一次船头的激水声更其响亮了，那航船，就像一条大白鱼背着一群孩子在浪花里蹿，连夜渔的几个老渔父，也停了艇子看着喝采起来。

离平桥村还有一里模样，船行却慢了，摇船的都说很疲乏，因为太用力，而且许久没有东西吃。这回想出来的是桂生，说是罗汉

1　周作人认为："这里近于游戏的几节叙述，我觉得极能说出著者对于社戏的印象，不论好坏总都是素朴得有意思。帮闲引了公子去抢娇娇，结果吊打了写服辩了事，这是绍兴戏中精彩之一，《五美图》的老鼎，《紫玉壶》的大师爷，看过的人都不能忘记。"（《人物》）

豆[1]正旺相，柴火又现成，我们可以偷一点来煮吃的。大家都赞成，立刻近岸停了船；岸上的田里，乌油油的便都是结实的罗汉豆。

"阿阿，阿发，这边是你家的，这边是老六一家的，我们偷那一边的呢？"双喜先跳下去了，在岸上说。

我们也都跳上岸。阿发一面跳，一面说道，"且慢，让我来看一看罢，"他于是往来的摸了一回，直起身来说道，"偷我们的罢，我们的大得多呢。"一声答应，大家便散开在阿发家的豆田里，各摘了一大捧，抛入船舱中。双喜以为再多偷，倘给阿发的娘知道是要哭骂的，于是各人便到六一公公的田里又各偷了一大捧。

我们中间几个年长的仍然慢慢的摇着船，几个到后舱去生火，年幼的和我都剥豆。不久豆熟了，便任凭航船浮在水面上，都围起来用手撮着吃。吃完豆，又开船，一面洗器具，豆荚豆壳全抛在河水里，什么痕迹也没有了。双喜所虑的是用了八公公船上的盐和柴，这老头子很细心，一定要知道，会骂的。然而大家议论之后，归结是不怕。他如果骂，我们便要他归还去年在岸边拾去的一枝枯柏树，而且当面叫他"八癞子"。

"都回来了！那里会错。我原说过写包票的！"双喜在船头上忽而大声的说。

我向船头一望，前面已经是平桥。桥脚上站着一个人，却是我的母亲，双喜便是对伊说着话。我走出前舱去，船也就进了平桥了，停了船，我们纷纷都上岸。母亲颇有些生气，说是过了三更了，怎

1　　罗汉豆：蚕豆。

么回来得这样迟，但也就高兴了，笑着邀大家去吃炒米。

大家都说已经吃了点心，又渴睡，不如及早睡的好，各自回去了。

第二天，我向午才起来，并没有听到什么关系八公公盐柴事件的纠葛，下午仍然去钓虾。

"双喜，你们这班小鬼，昨天偷了我的豆了罢？又不肯好好的摘，踏坏了不少。"我抬头看时，是六一公公棹着小船，卖了豆回来了，船肚里还有剩下的一堆豆。

"是的。我们请客。我们当初还不要你的呢。你看，你把我的虾吓跑了！"双喜说。

六一公公看见我，便停了楫，笑道，"请客？——这是应该的。"于是对我说，"迅哥儿，昨天的戏可好么？"

我点一点头，说道，"好。"

"豆可中吃呢？"

我又点一点头，说道，"很好。"

不料六一公公竟非常感激起来，将大拇指一翘，得意的说道，"这真是大市镇里出来的读过书的人才识货！我的豆种是粒粒挑选过的，乡下人不识好歹，还说我的豆比不上别人的呢。我今天也要送些给我们的姑奶奶尝尝去……"[1]他于是打着楫子过去了。

待到母亲叫我回去吃晚饭的时候，桌上便有一大碗煮熟了的罗汉豆，就是六一公公送给母亲和我吃的。听说他还对母亲极口夸奖

1　六一公公潜意识里有士农工商等级观念，觉得"大市镇里出来的读过书的人才识货"，为得到"我"的认可感到骄傲。

我，说"小小年纪便有见识，将来一定要中状元。姑奶奶，你的福气是可以写包票的了。"但我吃了豆，却并没有昨夜的豆那么好。

真的，一直到现在，我实在再没有吃到那夜似的好豆，——也不再看到那夜似的好戏了[1]。

一九二二年十月。

1　这是鲁迅一生中少有的温馨经历，豆也好，戏也好，其实并没有特别之处，但让他从中体验到人情之美，获得轻松和愉悦 —— 这正是在北京高级戏院两次看戏所未能得到的。

本篇最初发表于1922年12月上海《小说月报》第十三卷第十二号。

阅读这篇作品，最好与鲁迅《略论梅兰芳及其他（上）》对照，后者包含着鲁迅对京剧的意见，与他在北京的两次观剧体验的关系不言自明。他在文章中写道：

> 崇拜名伶原是北京的传统。辛亥革命后，伶人的品格提高了，这崇拜也干净起来。先只有谭叫天在剧坛上称雄，都说他技艺好，但恐怕也还夹着一点势利，因为他是"老佛爷"——慈禧太后赏识过的。虽然没有人给他宣传，替他出主意，得不到世界的名声，却也没有人来为他编剧本。我想，这不来，是带着几分"不敢"的。
>
> 后来有名的梅兰芳可就和他不同了。梅兰芳不是生，是旦，不是皇家的供奉，是俗人的宠儿，这就使士大夫敢于下手了。士大夫是常要夺取民间的东西的，将竹枝词改成文言，将"小

家碧玉"作为姨太太，但一沾着他们的手，这东西也就跟着他们灭亡。他们将他从俗众中提出，罩上玻璃罩，做起紫檀架子来。教他用多数人听不懂的话，缓缓的《天女散花》，扭扭的《黛玉葬花》，先前是他做戏的，这时却成了戏为他而做，凡有新编的剧本，都只为了梅兰芳，而且是士大夫心目中的梅兰芳。雅是雅了，但多数人看不懂，不要看，还觉得自己不配看了。

士大夫们也在日见其消沉，梅兰芳近来颇有些冷落。

因为他是旦角，年纪一大，势必至于冷落的吗？不是的，老十三旦七十岁了，一登台，满座还是喝采。为什么呢？就因为他没有被士大夫据为己有，罩进玻璃罩。

名声的起灭，也如光的起灭一样，起的时候，从近到远，灭的时候，远处倒还留着余光。梅兰芳的游日，游美，其实已不是光的发扬，而是光在中国的收敛。他竟没有想到从玻璃罩里跳出，所以这样的搬出去，还是这样的搬回来。

他未经士大夫帮忙时候所做的戏，自然是俗的，甚至于猥下，肮脏，但是泼剌，有生气。待到化为"天女"，高贵了，然而从此死板板，矜持得可怜。看一位不死不活的天女或林妹妹，我想，大多数人是倒不如看一个漂亮活动的村女的，她和我们相近。然而梅兰芳对记者说，还要将别的剧本改得雅一些。

鲁迅赞赏京剧初起时广受民众喜爱的状态。地方戏进了宫廷，服装变得华美，姿态愈发优雅，排场越来越大，却越来越不接地气，生命力也就衰落。这也不难理解，因为艺人在等级社会里极想摆脱底层而跻身上流社会，献艺给达官贵人乃至进入宫廷，更是梦寐以求。新中国成立后，戏曲的地位显著提高，艺人的待遇迥异于往昔，梅兰芳成了文艺界的领导，常常出入重要场合。据说每逢纪念鲁迅的活动，梅兰芳要么借故不参加，要么坐一会儿就离开 —— 对鲁迅的批评仍心存不满。

许广平还写过一篇文章，解释鲁迅的本意是批评旧时代对艺人的侮辱和蔑视，并非针对梅兰芳本人。

鲁迅对梅兰芳的批评是尖刻的，但细究起来，也还留有一定的余地，除了那个著名的讽刺中国最伟大的"'艺术'是男人扮女人"一段话。1934年2月20日，鲁迅在给姚克的信中坚持以往的观点，批评民间艺术形式的宫廷化、官方化对文艺创造力的戕害：

> 歌，诗，词，曲，我以为原是民间物，文人取为己有，越做越难懂，弄得变成僵石，他们就又去取一样，又来慢慢的绞死它。譬如《楚辞》罢，《离骚》虽有方言，倒不难懂，到了扬雄，就特地"古奥"，令人莫名其妙，这就离断气不远矣。词，曲之始，也都文从字顺，并不艰难，到后来，可就实在难读了。

但在以宫廷为中心、以官为本位的社会中，这种趋势简直是无可阻挡的。

鲁迅在《朝花夕拾》的小引中说："我有一时，曾经屡次忆起儿时在故乡所吃的蔬果：菱角，罗汉豆，茭白，香瓜。凡这些，都是极其鲜美可口的；都曾是使我思乡的蛊惑。后来，我在久别之后尝到了，也不过如此；惟独在记忆上，还有旧来的意味留存。他们也许要哄骗我一生，使我时时反顾。"《社戏》导引出了《朝花夕拾》各篇回忆。所以在这部小说集的结尾篇《社戏》中，鲁迅已经不是在"呐喊"了，而是更温情，更怀旧，更浪漫。

《社戏》结尾的修辞手法独特，情感直白流露，措辞有些夸张："真的，一直到现在，我实在再没有吃到那夜似的好豆，—— 也不再看到那夜似的好戏了。""一直到现在"的时间限定，"真的"和"实在"的重复使用，"那夜似"的反复修饰，都体现出强烈的对少年时期经历的平桥村的好戏和好豆的眷恋。结尾用强烈对照的笔法，直白地以成年的"我"的口吻倾诉对那夜的好豆和好戏的怀念。这笔法影响了后辈作家回溯早年经历叙事的一种类型化表述，制造过去与现在的情感落差和审美差异。其实，这也是一种思乡的蛊惑产生的一种假象。此时固不好，那时也未必。

鲁迅家境好的时候，乡下人们对他的态度好；家境衰落后，他就不一定能得到这样的夸奖了。不能忘记自序中的一句话："有谁从小康人家而坠入困顿的么，我以为在这途路中，大概可以看见世人的真面目。"因此，坠入困顿前的好时光更形珍贵，令人神往。在都市的冷漠氛围里，鲁迅从怀念过去的时光中得到一些慰安 —— 他即将实施的一个写作计划是"旧事重提"（后改题《朝花夕拾》）。可惜的是，就在《社戏》写成后几个月，兄弟失和事件突然发生，让鲁迅陷入更深的苦痛，他在八道湾十一号大宅院中的牧歌式生活戛然而止，他的温情的"旧事重提"或"朝花夕拾"只好在流浪和彷徨中进行了。

绍兴会馆中的"补树书屋",《狂人日记》等篇的创作地

八道湾十一号,《阿Q正传》等篇的创作地